KB059375

몸 묵상

몸 묵상

2015년 12월 18일 초판 1쇄 펴냄
2016년 12월 15일 초판 2쇄 펴냄

펴낸곳 (주)도서출판 **삼인**

지은이 이낙원
펴낸이 신길순

등록 1996.9.16 제10-1338호
주소 03716 서울시 서대문구 연희로 5길 82 (연희동, 2층)
전화 (02) 322-1845
팩스 (02) 322-1846
전자우편 saminbooks@naver.com

본문 일러스트 홍남화
제판 문형사
인쇄 수이북스
제책 은정제책

ISBN 978-89-6436-106-1 03810

값 13,000원

몸
묵상

Contemplations
on the Body

이낙원 지음

삼인

생명과 몸, 그 경외로움과 우연성의 역설

여기에 추천하는 책의 원고 마지막 장을 덮고 난 후, 대학시절 감명 깊게 읽었던 예수회 신부요 고생물학자 떼이야르 샤르뎅의 작은 책 『우주의 찬가Hymn of the Universe』가 강렬하게 떠올랐다. 약 50년 전 프랑스 고생물학자가 자신이 훈련받은 과학적 지식을 지혜로 승화시켜 물리적 우주 속에 관통하는 영적 사랑 에너지와 지구 지층구조의 화석에 남겨진 창조적 진화의 열정을 증언했듯이, 한국의 한 그리스도인 의학도 역시 자신의 전문의학적 지식을 총동원하여 생명과 몸과 그것을 낳은 우주의 신비를 경외하고 찬미하고 있기 때문이다.

현대 인류문명은 정치·경제·군사적 측면에서의 불안만이 아니라, 세계관 혹은 실재관의 전환기에서도 커다란 소용돌이 가운데 있다. 현대 신과학은 우주, 지구, 생명, 인류 종種에 대하여 새로운 이해를 촉구한다. 대자연과 생명현상에 대한 이해와 설명에서 '패러다임 전환'을 요청하고 있다. 자연을 설명하는 과학적 패러다임이 변하면 동일한 과학자에게 자연이 새롭게 보이듯이, 실재관의 패러다임이 변하면 생명현상은 '우연과 필연'에 의해 만들어진 복잡계의 기계가 아니라 경이롭고 경탄스러우며 기적 같은 결실물로서 느껴진다.

이 책의 저자는 인문학 교수도, 종교학이나 신학을 전공한 학자도 아니다. 의학을 전공한 과학자로서 날마다 환자를 치료하며, 병상에서 생사를 넘나드는 환자를 돌보는 호흡기내과 의사다. 그런데 모든 것을 경험주의적 인과율로 자연과 생명을 해석하고 속단하는 '과학적 자연주의Scientific Naturalism'를 넘어서는 이야기를 매우 아름답고 설득력 있게 들려주고 있다. 한마디로 이 책 안에는 과학적 지성, 예술적 감성, 윤리적 덕성이 삼중주 실내악단의 화음처럼 절묘하게 각자 음색을 지니면서도 충돌하지 않고 독자들의 영혼을 울린다. 현대 사회는 과학자, 예술가, 신비가로 상징되는 세 사람이 함께 동의하고 자유롭게 숨쉬는 '환하게 뚫려 비치는 종교'를 갈망하는데, 저자는 1인 3역을 하고 있는 셈이다.

한국 종교계, 특히 기독교계 위기는 그 지도자들의 도덕적 성실성 미달 판정에서만 오는 것이 아니다. 현대 학문, 특히 자연과학이 밝혀낸 자연과 생명의 엄숙한 사실적 진리에 눈을 감거나 무지하여, 시대착오적이고 구태의연한 종교담론을 반복하는 데서 온다. 영성이란 무슨 특별한 초자연능력을 가리키는 것이 아니다. 진정 성숙한 영성은 인간성의 세 가지 특징인 지성과 감성과 덕성을 통전하면서도 더 높게 고양시켜 생명을 경외하고 사랑하는 열정을 지니게 하는 '존재에로의 용기'이며 '일상성 속에서의 초월경험 능력'을 말한다.

이낙원 의사의 이 책『몸 묵상』이, 위에서 말한 한국 사회의 절박한 요청에 가장 적절하게 응답하고 있는 최고의 영성 교과서라고 나는 확신한다. 이 책은 우리의 몸이 구체적으로 어떻게 형성되고 작동하는가를 자상하면서도 유머가 넘치는 예화와 글쓰기 솜씨를 통하여 재미있게 가르쳐주는 지식의 책이면서도, 생명을 탄생시킨 배경으로서 우주 대자연의 모습을 아름답게 보여준다. 제3부 총 30개의 작은 테마로 짜인 이 걸작품 어느 곳을 먼저 골라 읽어도 '대박'을 만났다는 행복감을 독자들은 느낄 것이다. 종교인들은 물론이요, 일반 시민들과 특히 젊은 청년들에게 일독을 권하고 싶다.

우리는 이 책을 읽으면서 웃기도 하고, 엄숙해지기도 하고, 호기심이 발동하기도 하고, 때론 진지한 철학자가 되기도 한다. 그리고 책을 다 읽고 나면 철학자 막스 뮐러가 던진 질문 "우주 속에서 인간의 위치가 무엇인가?"에 대답할 자신이 생길 것이다. 몸을 지니고 있

음에 대하여 경외와 감사를 하게 되고, 우연의 횡포와 모순의 폭력
이 난무하는 현실 속에서도 광활한 대우주 속에 출현하여 오늘을 춤
추고 있는 나의 생명과 이웃의 생명을 더 사랑하고픈 용기가 생길 것
이다.

2015년 12월

김경재 (목사. 한신대학교 명예교수)

우리는 "별의 자녀들"입니다

핏덩이는 태어나자마자 힘차게 울음을 터뜨렸습니다. 아무도 가르쳐주지 않은 노래를 부르는 갓난아이 앞에 선 내 손에 가위가 주어졌고, 나는 고속도로 개통식 축사를 하듯 짧게 읊조리며 탯줄을 잘랐습니다.

"네 삶의 개통을 축하해."

몇 시간 후에 병실에서 다시 아이를 만났습니다. 아이는 젖꼭지를 찾아 얼굴을 파묻고 힘껏 빨아들였습니다. 한참 그렇게 젖을 빨던 아이는 마침내 배가 불렀는지 금세 깊은 잠에 빠져듭니다. 누구도 가르쳐 주지 않은 식사와 단잠이었지요.

아이가 가르쳐주지 않은 것을 할 줄 안다는 사실을 결정적으로 확인한 것은 기어 다닐 즈음이었습니다. 침대 밑으로 내려올 생각인지, 아이는 침대 가장자리까지 거의 이동을 한 참이었습니다. 나는 아이가 바닥에 머리를 꽝 부딪치기 전에 구해낼 참으로 침대 밑에서 대기 중이었습니다. 그런데 예측은 보기 좋게 빗나갔습니다. 침대 가장자리 너머 바닥을 한차례 바라본 아이가, 방향을 틀고는 다리부터 조심히 내려오기 시작한 것입니다. 물론 매끄러운 동작은 아니어서 마지막에 엉덩방아를 찧고 말았지만, 그 영리함에 탄복할 수밖에 없었습니다.

"도대체 뱃속에서 뭘 어떻게 배웠기에 이렇게도 지혜로운가!"

전공의 3년차 때 첫째 아이가 세상에 나왔고, 4년차를 마치고 내과 전문의 시험을 치르고 나니 아내는 만삭이었습니다. 얼마 않아 둘째가 태어났고, 나는 아이들이 커가는 뿌듯하고 신기한 일상 속에서 대학 시절의 『세포생물학』을 다시 펴보았습니다. 내과 전공의 생활을 모두 마친 상태에서 다시 접하는 그 책의 느낌은, 대학 신입생 때와는 너무나 달랐습니다.

아이의 지혜를 이미 실감한 나에게 세포생물학은 예전의 지루하고 따분하던 의학 필수과목의 교재가 아니었습니다. 그 책은 '몸은 선천적으로 지혜롭다'는 사실을 증명하는 정보로 가득 차 있었습니다. 세포 하나에 작동하는 정교하고도 화려한 미시세계의 움직임들은 놀라움 그 자체였습니다. 진핵세포의 복잡함, DNA에서 단백질

합성까지의 미세한 과정들은 거대 공장의 숙련공들을 보는 듯했고, 에너지를 생산하는 미토콘드리아의 능력에도 감탄하지 않을 수 없었습니다. 그 하나하나가 사람 몸속에서 일어나고 있다는 것이 새삼 신기했습니다.

"잠깐, 이거 수소잖아. 수소폭탄 만들 때 쓰는 거 말이야. 이건 광물인데 왜 사람 몸속에 있는 거지? 어! 이상하다. 모든 게 다 탄소화합물이었네. 맙소사, 신경세포가 전깃줄 같아!"

의과대학 시절에 배운 지식들과 성인이 되어서 다시 공부하는 지식들에 대한 나의 감흥은 왜 그리도 달랐을까요. 세포생물학이 낯설고 충격적인 방식으로 다시 다가왔던 것은, 내 '인식 구조의 변화' 때문일 터였습니다. 4년간의 내과전공의 생활을 통해 익힌 지식과 경험들 역시도 어떤 영향을 미쳤을 것입니다. 더불어 불과 몇 년 사이에 빈 공간을 가득 채우며 나타난 새 생명들을 경험한 일도 적지 않은 영향을 주었겠지요. 그리하여 나도 모르는 사이에 한 세계관의 변화가 생겼을 겁니다.

데이비드 레이 그리핀은 그의 저서 『위대한 두 진리』에서 "문제는 과학 자체가 아니라 과학이 결합하고 있는 세계관"이라고 밝혔습니다. 근대세계에 보편화된 과학적 자연주의Scientific Naturalism에 대한 비판이었지요. 보고 확인하고 증명할 수 있는 것만을 사실이라고 믿는 감각주의적 유물론적 '과학적 자연주의'는 세계를 보는 하나의 방식일 뿐이며, 우주를 바라보는 제한된 관점이라는 것. 이는 기독교 신앙뿐 아니라 우주에 대한 다른 중요한 종교적 관점과도 양립할 수 없다고 그는 말합니다.

의대생 시절의 저 역시 세속주의적이며 실증주의적인 세계관을 가지고 있었던 것 같습니다. 추정컨대 의학 교과서가 그렇게도 재미없었던 것은 바로 그 때문 아니었을까요? 오늘날 우리들이 자연스럽게 배우고 익혀가는 학문에 의하면, 세계는 나와 분리된 대상입니다. 세계는 어디까지나 실험과 탐구로써 개척해가야 할 타자의 영역일 뿐이지요. 세계는 내재하고 있는 물리 법칙을 준수하고 있기 때문에 신비의 차원이 거세된 상태로 존재합니다. 결국 세계는 나와 관계없는 대상일 뿐으로, 스스로에 대한 성찰적 요소가 개입되기 어렵습니다.

생명은 신비롭고 활기차며, 그것을 전해주는 교과서에는 과학자들의 피와 땀이 녹아 있는데, 안타깝게도 현대적 세계관에 사로잡혀 있는 의대생의 마음 밭이 자갈밭이었던 것입니다. 그러나 다행스럽게도 20대와 30대를 지나오며 뇌의 고랑과 고랑 사이에 비료를 주고, 자갈을 걸러내고, 촉촉하게 물을 주는 경험을 할 수 있었습니다. 그리하여 ─ 글자들은 그 자리에 그대로 있을 뿐이건만 ─ 딱딱하고 건조하던 정보들이 전보다는 생기 있게 발랄하게 심오하게 다가오기 시작했습니다.

나의 변화된 세계관을 무엇이라 칭해야 할지 잘 모르겠지만, 그것에 영향을 끼친 결정적인 한 가지는 말씀드릴 수 있을 것 같습니다. 바로 종교 활동이었습니다. 대학교 2학년부터 시작한 가톨릭대학생연합회 활동과 지금 경험하고 있는 삭개오 작은교회에서의 생활이 큰 영향을 주었습니다.

토마스 머튼은 그의 책 『묵상의 능력』에서 "지성을 통해 드러난 아름다운 진리"가 우리를 사랑과 경이감과 종교적 외경으로 이끈다면 그것을 읽고 공부하는 행위 자체가 "능동적 묵상"이라고 했습니다. 독서나 관찰과 같은 능동적 행위도 경우에 따라서는 묵상이 될 수 있다는 것입니다. 이 책의 제목이 '몸 묵상Contemplations on the Body' 인 이유는 몸에 대한 과학적 사실들을 새로운 시선으로 응시하는 것 자체가 넓은 의미의 '묵상'이 될 수 있기 때문입니다. 어떤 시선과 관점으로 보느냐에 따라 진리가 때로는 경이의 감정을 동반하면서 다가올 것이라 믿기 때문입니다. 과학이 밝혀낸 사실들을 진지하게 받아들이면서도 '감각주의적 세계관'이 아닌, 좀 더 열린 시선으로 몸에 대한 생물학·진화론적 설명을 받아들여보자는 것입니다. 다만 글들의 깊이가 일천하고 지식이 모자라지만 그럼에도 있는 그대로의 몸 자체가 이미 매력적이라서 글의 모자람을 채워주지 않을까 생각합니다.

오늘날의 현대 과학은 인식의 폭을 확장시켰고, 과거에는 못 보던 세계를 보게 해주었습니다. 이제 하나의 생명체로서의 몸은 지구적 관점을 넘어 우주적인 활동의 결과물이 되었습니다. 인간의 몸은 생명의 기나긴 투쟁의 결과물이며 그 과정에는 우연과 모호함과 더불어 창조적 자유와 숭고함이 있습니다. 우주로부터 인간의 두뇌에까지 이어지는 하나의 이야기가 있습니다. 서사적 우주의 특성은 우주의 품성을 닮았으며 우주를 이해하는 인간을 탄생시켰습니다. 칼 세이건의 유명한 표현처럼 "우리는 별의 자녀들"입니다. 장공 김재준의 표현대로 우리는 "진화의 초점에서 타고 있는 생명의 빛"입니다.

1부 'Life, 탄생과 죽음'에서는 탄생과 죽음의 긴박한 장면을 다루어보았습니다. 탄생의 배경은 우주입니다. 혼란스럽게 떠다니는 우주의 먼지들과 내 몸의 성분들이 다르지 않다는 사실을 우리는 흔히 잊고 삽니다. 그렇다면 오히려 이를 통해 우리는 '혼돈과 질서의 격차를 극복하여 몸이 탄생하였음'을, 또한 '존재한다는 것이 어떤 의미인지'를 더 깊이 이해할 수 있을 것입니다. "들에 핀 꽃 속에 무한함이 있으며, 나락 한 알 속에 우주가 있다"는 무위당 장일순 선생의 말을 좀 더 진지하게 받아들일 수 있을 것입니다.

몸에 대한 과학적 이해는 탄생과 죽음을 떼어놓고는 생각할 수 없을 것입니다. 삶과 죽음은 둘이 아니라 하나고, 모든 탄생하는 몸은 시작부터 죽음이 심어져 있으며, 어쩌면 죽음으로 비롯하여 삶이 시작되는 것인지도 모르겠습니다. 이처럼 1부에서는 삶의 전반에 드러나는 죽음의 역할을 함께 돌아보았습니다. 특히 삶의 시작과 함께 시작되는 세포들의 역동적인 움직임을 살펴보았습니다.

2부 'Body, 생물학적 지혜'에서는 구체적 몸의 형태를 살펴보았습니다. 몸은 유일하며, 통하며, 숨 쉬며, 흐르며, 출렁거립니다. 아무리 작은 생명체라도 그것은 복잡성에 의해 세상 유일의 가치를 획득합니다.

몸은 관의 형태로 되어 있는데, 이는 몸의 생존방식을 반영하는 구조입니다. 몸은 숨 쉬고 흘러가는 자연의 일부로서 존재합니다. 땅의 것들과 하늘의 것들이 몸 안에서 흘러가면서 몸을 유지합니다. 따라서 몸은 천지간天地間 존재입니다. 몸은 고정된 실체가 아닙니다. 몸은 숨 쉬고 먹음으로써 끊임없이 새로운 분자로서 과거의 몸을 대체합니다. 어제의 몸과 지금의 몸은 하루의 시간만큼 변화하는 '흐르는 몸'입니다.

더불어 2부에서는 '고통'과 '본다는 것'의 의미를, '앎'에 대한 성찰을 정리해보았습니다. 조금은 난해한 내용이지만 면역세포들의 세계도 다루어보았습니다. 면역학적 세계관으로 세상을 보면 '나'와 '타인'을 바라보는 일상적 사유 방법을 재고하게 됩니다. 우리는 언제나 자기라는 맥락 속에서 타자를 바라봅니다. 따라서 타자는 내 안에 있는 것들이 비추어지는 거울 역할을 하죠. 또한 그들의 관점에서 볼 때 '자아'라는 독립된 실체는 없습니다. 자아는 언제나 타자와 교류하면서 자기를 규정하고 변화시키는 '환경맥락적 자아'이며 '상관적 자아'입니다.

3부 'Life in Deep Time and Universe, 심원한 시간과 광대한 공간 속의 생명'에서는 인간의 '몸'이 심원한 시간 속에서 형성되어 왔음을 밝히고자 했습니다. 우리의 '몸'은 결코 개체로 따로 떼어서 볼 수 없는 지난한 역사를 지니고 있습니다. 그 역사의 시간적 규모는 우리가 쉽게 생각해볼 수 없는 크기입니다.

이를 위해 생명의 진화 과정에서 유난히도 특별했던 몇 가지 우연적인 사건들, 그렇지만 우연이라고만은 볼 수 없는 이야기들을 꺼내봤습니다. 생명 탄생의 순간, 진핵세포의 출현, 녹색식물의 출현 등이 그것입니다. 이 이야기들은 우리 삶에 깊이 개입하고 있는 '우연'을 다른 시선으로 바라보라고 요구합니다. 우리 삶의 의미와 방향에 대한 심오한 질문이기도 합니다.

3부의 또 한 가지의 주제는 '광활한 우주에서 탄생한 작은 몸'입니다. 생명체는 광대한 우주공간과 대비되는 미물이지만 우주를 닮았고, 우주를 먹고 있으며, 우주를 지탱하는 섭리 속에서 살아갑니다.

지난 백 년간의 우주론은 과거와 비교할 수 없는 규모의 세계를 인간에게 보여주었습니다. 그 결과로서 인간은 우리 자신을 품고 있는 우주에 관한 놀라운 사실을 직시하게 되었습니다. 동시에 인간은

'우주를 벗어난 것에 대해서는 인식을 할 수 없다'는 한계까지 받아들이게 되었습니다.

이 책은 삭개오 작은교회의 홈페이지에 묵상자료로 공유했던 글들을 기초로 만들어졌습니다. 쉽지 않은 내용들을 함께 읽고 성찰하고 격려해주신 교우들이 아니었으면 나오기 어려운 책이었습니다. 삭개오 작은교회의 교우들에게 감사드리며 끝까지 묵상지기로 함께해주신 정태호, 김성희 님과 교정에 애써주신 김민아 님께 특히 감사드립니다. 묵상 글을 쓰는 과정에 함께 밤잠을 설쳐야 했던 아내에게 미안함과 고마움을 함께 전합니다. 무엇보다도 저에게 새로운 세계를 소개해주시고 인도해주신 김경재 목사님께 깊은 감사를 전합니다. 마지막으로 이 책에 대한 애정과 관심으로 출판에 힘써주신 삼인출판사 관계자 분들께도 감사를 전합니다.

Contemplations on the Body
몸 묵상

Life,
탄생과 죽음

1

①
혼돈에서 창조되다

다급한 휴대전화 벨소리에 잠 깼습니다. 새벽 6시가 되지 않은 시간. 병원에서 온 전화입니다. 한숨부터 나왔습니다. 이런 시간에 병원으로부터 오는 소식이 좋은 것일 리 없기 때문이지요. 누운 채로 전화를 받았습니다.

"이낙원입니다."

"선생님, ○병동인데요. 선생님 환자 중에 35호실 김○○ 님 계시잖아요. 그분이…….'

순간 가슴이 내려앉습니다. 김○○ 환자는 폐렴으로 중환자실 치료까지 받은 뒤 가까스로 회복되어서 일반병실로 전실한 분이었습니다. 가족들을 다 모아놓고 분위기 좋은 대화를 나누었던 것이 3일전이었죠. 환자가 빠른 속도로 회복되고 있으니 퇴원도 머지않을 것이라며 가족들을 안심시키고 고맙다는 인사말까지 받아놓았던 것입니다. 그런데 성급한 판단이었던가. 어제부터 다시 미열이 있더니 전신상태가 조금 처져서 불안했습니다. 바로 그 환자였죠. 침대 밖으로 몸을 일으켰습니다. 잠기운의 중력에서 미처 벗어나지 못한 내 목소리가 느리고 무거웠습니다.

"그 환자 압니다. 무슨 일이죠?"

"새벽에 라운딩을 도는데 의식이 처져 있는 것 같아서 깨워봤거든요. 그런데 눈도 못 뜨고 반응이 없는 거예요. 산소포화도 측정기를 손가락에 끼웠더니 수치가 88인가……. 하여간 90이 넘지 않는 거예요. 그래서 산소를 5L/min 올렸고요 (환자는 비강 캐뉼라를 통해 산소를 공급받고 있었습니다.) 석션suction을 했는데 가래는 많이 안 나오더라고요. 어제 저녁부터 열이 나고 환자가 조금 처졌었거든요. 지금도 38도 6부로 열이 나고, 혈압은 90에 60이었는데 맥박이 조금 빨라요. 110회에서 오르락내리락 하는 중입니다."

간호사의 긴장한 목소리가 쉴 새 없이 이어졌습니다. 그렇게 숨도 안 쉬고 말하다가는 간호사의 산소포화도 역시 떨어질 판이었습니다. 환자와 간호사 모두를 저산소증으로부터 구하고자, 나는 짧지만 강력한 단어를 외쳤습니다.

"피에이치!"

제대로 알아듣지 못했는지 수화기 너머 반응이 신통치 않더군요. 그래서 다시 단호하게 외쳤습니다.

"ABGA! pH!"

pH는 수소이온농도를 말하고, pH를 알기 위해서는 동맥혈 가스 검사ABGA를 해야 하는 것입니다. 20분 후, 다시 전화가 왔습니다. 그새 인턴선생에게 연락이 가고 동맥혈 가스검사가 수행된 모양입니다.

"선생님, pH는 7.16이구요……."

"환자를 중환자실로 옮기시고요, 지금 갈 테니까 중심 정맥관 삽입 준비해주세요."

피에이치. 실로 촌철살인의 단어였습니다. 간호사의 설명은 더 이상 들을 것도 없었죠. 필경 환자는 패혈성 쇼크 상태가 진행 중이었습니다. 어딘가 세균감염증이 다시 시작되었고 (결국 요로감염으로 확인된) 감염증으로 혈압이 감소하기 시작했을 것입니다. pH가 감소한다는 이야기는 몸이 산성화된다는 의미고, 그것은 혈압저하로 인해 장기의 저산소증이 진행되고 있음을 말합니다. 당장 개입하지 않으면 환자의 목숨이 위태로울 터였습니다.

내가 간호사에게 물어본 것은 수소이온의 농도였습니다. 수소가 가지고 있던 전자를 잃어버리면 양성자 하나만 남게 되는데, 그것이 얼마의 농도로 인체에 남아 있느냐를 물은 것입니다. 수소이온은 우리 몸속 세포 외액 속에 리터당 nanoequivalents 단위로 존재합니다. 일상적으로 쓰이지 않는 작은 단위이기 때문에 알아보기 쉽게 하기 위해서 역수에 상용로그 값을 취하여 pH로 표시합니다. 극미량의 농도지만 좁은 범위 내에서 조절되지 않으면 세포가 살지를 못합니다. 요컨대 pH 7.16은 그대로 두었을 때 신장이며 간이며 모두 손상될 수 있는 수치에 해당했습니다. 이 경우 빨리 수소이온의 농도를 교정해줘서 pH를 올리고, 몸의 전반적인 상태를 개선해야 하는 것입니다.

결국 환자는 중환자실로 옮겨졌고, 수액 치료와 항생제 치료를 받게 되었습니다. 다행히 혈압이 안정화되며 조직의 저산소증도 개선되었고, 오래지 않아 환자 몸속의 수소이온농도가 정상수치로 교정되었고, 나 역시 다시 편안한 일상으로 돌아갈 수 있었습니다.

그날 새벽의 소동을 야기했던 수소는 모두 알다시피 희귀한 물질이 아닙니다. 오히려 너무 흔해서 그 존재를 잊고 살아가기 쉬운 몸의 기본 성분이라고 할 수 있죠. 수소는 이온으로 존재하기도 하지만 그 자체로서 산소(O)와 결합하여 물(H_2O)로서 우리 몸에 존재하기도 합니다. 타액도 위액도 혈액도, 더울 때 흘리는 땀도 모두 물입니다. 물의 역할을 고려한다면 수소는 결코 작지 않은 생명의 주요 구성성분입니다. 물만이 아니라 몸의 주요 부피와 기능을 담당하는 단백질의 성분(탄소, 수소, 산소, 질소)에도 수소가 들어갑니다. 전체적으로 수소는 우리 몸의 9.3%를 차지하고 있습니다.

이번에는 우리 몸 밖으로 눈을 돌려봅시다. 우리 주변에서 수소를 가장 많이 볼 수 있는 곳은 어디일까요? 바다를 가장 먼저 떠올리는 분들이 많을 겁니다. 거대한 대양으로 이루어진 바다야말로 지구상에서 수소를 많이 함유한 곳이겠지요. 그러나 수소는 지구 밖 우주에서도 가장 흔한 원소입니다. 따라서 고개 들어 밤하늘에로 시야를 돌려볼 필요가 있겠네요. 셀 수 없이 많은 별들. 그 속에 수소가 반짝이고 있습니다.

별(항성)의 구성성분을 보면 수소 70%, 헬륨이 25% 정도로 수소의 비중이 압도적입니다. 그러나 우주에는 그와 비교할 수 없을 만큼 많은 양의 수소가 존재하는 곳이 있습니다. 바로 별과 별들의 사이 공간입니다. 별과 별 사이 어둠 속에, 지구의 바다와는 비교할 수 없는 거대한 양의 수소가 성간가스 형태로 존재하는 것입니다. 그 수소는 별들처럼 빛을 발하지 않아서 육안이나 광학망원경으로는 볼 수가 없습니다. 그래서 전파망원경이라는 특별한 장치로 확인해야 하죠. 천체로부터 복사되는 전파radio wave를 이용해 그 영상을 재구성하는 것입니다.

수소는 양자전이현상에 따라 133년에 한 번꼴로 21cm 파장의 라디오파를 방출하는데, 이 파장을 추적해서 우리는 대략적인 은하의 지도를 그려볼 수 있습니다. 특히 은하수 가장자리에 나선형으로 뻗

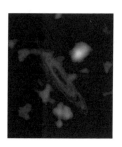

m31

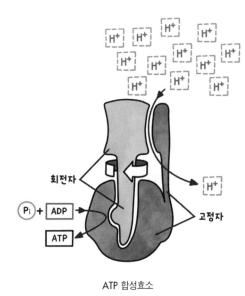

ATP 합성효소

Blood Gas	
BG pH	7.163
BG pCO2	30.7
BG pO2	62.7
BG HCO3	10.8
tCO2	11.7
BG BE	-16.5
02 SAT	85.4

ABGA (동맥혈 가스검사)

그림 1-1

어 있는 팔은 대부분 수소로 이루어져 있어서, 은하의 구체적인 형태를 파악하려면 가시광선이 아닌 수소 원자의 21cm 파장을 관측해야 합니다.[1] 우주의 90%를 차지하는 수소를 잘만 활용하면 대강의 우주 지도를 얻을 수 있는 것입니다. 그림 1-1의 오른쪽 사진은 안드로메다은하를 전파망원경으로 찍은 영상입니다.[2]

과학자들이 전파망원경으로 우주 공간에 흩어진 수소를 찾듯, 의사들은 혈액검사를 통해 사람 몸속의 수소를 찾습니다. 배경도 작업의 느낌도 크게 다르죠. 한 곳은 −273℃까지 내려가는 차가운 우주 공간이고 한 곳은 36.5℃의 따뜻한 몸속이니까. 수소는 이 상이한 환경에서 변함없이 같은 물리적 성질을 가지고 변함없이 같은 일을 하고 있는 것입니다.

그림 1-1의 아래쪽 그림은 미토콘드리아라는 세포소기관의 내막 일부입니다. 수소이온을 이용해서 우리 몸에 필요한 에너지 통화인 ATP(아데노신삼인산)를 만들어내는 장면을 개략적으로 그렸습니다. H^+는 수소이온으로, 생명이 자신의 활동을 가능하도록 에너지를 만들어내는 기본 재료입니다. 그날 새벽 외쳤던 '피에이치'는 우주와 사람 몸속에 가장 흔한, 너무 흔해서 귀한 줄 모르고 지내는 첫

1   존 S. 리그던, 『수소로 읽는 현대 과학사』, 박병철 역, (알마, 2007), 217쪽.
2   http://www.nrao.edu/pr/2004/m31HVCs

번째 원소이자 가장 중요한 생명의 양식이었던 것입니다.

우리 몸을 이루는 재료들은 특별한 것이 아닙니다. 천체망원경으로 볼 수 있는 원료들을 우리는 우리 몸에서도 그대로 발견할 수 있답니다. 작고 따뜻한 인체를 위한 생물학과 광활하고 차가운 우주를 향한 물리학은 전혀 다른 학문이 아닙니다.

우주와 인체를 이루는 원소 성분들은 철저하게 자신들의 원칙을 따라갑니다. 그 성질 그대로 우주를 또한 인체를 구성하며 자기들끼리 뭉치고, 밀치고, 뜨거워 서로 합하고, 아니면 폭발하여 멀어지죠. 그것이 역동적이고 발랄한 생명현상의 재료가 됩니다. 이러한 사실들 아래서 우리는 생명의 심오한 신비를 더욱 깊이 이해할 수 있습니다. 아무리 작은 몸이라도 그것은 우주의 거대한 혼돈과 비교될 만한 가치를 가지고 있습니다. 혼돈과 질서의 경계를 뛰어넘은 생명 탄생의 신비는 이처럼 경이롭습니다.

분명한 것은 태초의 혼돈과 무질서 속에서, 언젠가, 단 한 번 이상의 생명이 시작되었다는 사실입니다. 이것은 자연의 화려함과 웅장함, 신비로움 이상의 무엇입니다. 두꺼운 나무껍질을 뚫고 움트는 새순이나 깎아지른 절벽 위에 피어나는 꽃잎, 땅속에서 스멀스멀 기어 나오는 애벌레를 보면서 사람들은 봄의 생명력에 감탄하곤 하죠.

물론 감탄할 일이지만, 그것들에는 '그럴 만한 조건과 환경'이 있었습니다. 겨울 한파를 견디며 나무가 살아 있었고 허공을 비행하던 씨앗이 절벽 틈새에 날아들었다는 등의 선행사건 말입니다. 그러나 지구상 첫 번째 생명의 탄생에는, 그 배경에는 아무것도 없었습니다. 생명이 피어날 어떠한 조건도 갖추어지지 않았습니다. 절벽으로 팔랑팔랑 날아드는 씨앗도 없었고, 생명이 맞이할 따스한 봄도 오지 않았습니다. 오로지 고집스러운 알갱이들만 혼돈스럽게 차가운 우주 위를 떠다니고 있었을 뿐입니다.

생명이 창조된다는 것은 고집불통의 진흙덩어리로써 생명의 산 역사를 만들어간다는 의미입니다. 혼돈이 질서로 변하는 기적입니다. 영원이 유한의 시공으로 내려온다는 증거입니다. 생명 탄생이라는 사실만으로도, 우리는 신의 전능함에 탄복하게 됩니다.

태초에 하나님이 천지를 창조하시니라, 땅이 혼돈하고 공허하며…….

〔창세기 1장 1절〕(개역개정)

2

생명의 원료, 몸의 재료

현대우주론에 의하면 '세상의 모든 물질들은 같은 재료들로 만들어졌습니다.' 현재까지 알려진 최소단위는 쿼크와 전자고, 쿼크가 모여서 양성자와 중성자를 이루는 것이지요. 이러한 입자들이 모여서 화학적 성질을 잃지 않는 원자들을 만드는데, 가장 기본단위인 수소부터 우라늄까지 92가지의 원소가 자연계에 천연 상태로 존재합니다. 예를 들면 주기율표상 1번 원소인 수소는 양성자 하나와 전자로 구성되어 있고, 2번 원소인 헬륨은 양성자와 중성자가 각각 2개, 그리고 전자가 2개로 구성됩니다. 원소의 탄생은 우주가 탄생한 뒤 약간의 시간이 지나서 시작했었는데, 3분 정도가 지났을 때에는 가장 가벼운 원소인 수소와 헬륨, 그리고 미량의 리튬이 만들어졌습니다. 바로 이 원소들이, 존재하는 모든 물질들의 재료가 됩니다.

이것은 생물과 무생물 모두에게 적용되는 사실입니다. 뽀송뽀송한 아이의 볼과 딱딱한 딱정벌레의 껍질이 같은 성분이라는 것입니다. 보드라운 여인의 살결과 고층아파트를 지어 올리는 콘크리트가 같은 재료였다는 것입니다. 이러니 한 사람의 몸을 이루는 손톱의 딱딱함과 눈망울의 촉촉한 느낌이 같은 재료에 나왔으며 같은 세포에서 분열했다는 사실에 더 이상 놀라서는 안 될 것 같군요.

여기에는 물론 중간 가공과정이 있습니다. 우주를 구성하는 성분들이 우리 몸의 재료로 쓰이기까지의 중간 단계. 다듬어지지 않은 재료는 일련의 과정을 거쳐 우리 몸에 쓰일 만한, 아마도 지금의 몸과 좀 더 닮은 재료로 변화했을 것입니다. 그런 다음에 예의 재료들이 지구라는 행성에까지 도달했을 테죠.

먼저 지표면을 둘러보지요. 우리가 지구 위에 살고 있으니 우리 몸이 지구 위에 존재하는 물질로 이루어졌음은 당연합니다. 우주를 구성하는 92가지의 원소들 중에서 지표면에 가장 많은 원소들은 산소(O), 철(Fe), 규소(Si), 마그네슘(Mg), 알루미늄(Al)입니다. 주로 지각을 이루는 자원들입니다. 그런데 '몸'을 이루는 성분은 이것과는 많이 달라요. 몸의 대부분은 탄소(C), 수소(H), 질소(N), 산소(O)로 되어 있고 나머지 인(P), 황(S), 마그네슘(Mg), 나트륨(Na), 칼륨(K) 등의 미네랄이 1~2%를 차지하는 것입니다. 물 빼고는 모두

탄소 화합물입니다. 여기서 주목할 점이 있습니다. 우리의 몸은 땅에서 나서 땅으로 스러지기 마련이지만, 그 구성 성분이 땅속에서는 매우 희박한 자원들이라는 것입니다.

생명 유지를 위한 자원들 중에서 가장 중요한 탄소. 모든 생명체는 탄소를 기반으로 하는 유기 화합물입니다. 우리 몸의 단백질도 탄소가 연결고리 역할을 해서 만들어졌습니다. 유전물질인 DNA 역시 탄소의 연결고리에 수소, 산소, 질소 인 등이 결합되어 있는 형태입니다. 이처럼 탄소는 생명체의 형성에 중추적인 역할을 하는 원소입니다. 질량 면에서 인체는 탄소 그 자체라고 해도 무방할 정도지요. 탄소는 4개의 전자로 공유 결합을 할 수 있는 탁월한 능력을 가지고 있습니다. 이 활발한 반응성 덕분에 탄소는 우주 구성물의 0.0003%에 불과한 수적 열세를 극복하고 생명활동의 중심에 서게 되었습니다.

탄소는 매우 작습니다. 크기가 0.2nm인데, 500만 개를 일렬로 늘어놓으면 1mm의 길이가 되는 크기죠. 상상이 안 갈 정도로 작지만, 많이 모아놓으면 우리 눈으로도 볼 수 있는 물질이 됩니다. 탄소 여섯 개를 병렬로 붙이고 수소와 산소를 섞어 놓으면 단맛이 납니다. 바로 포도당($C_6H_{12}O_6$)이죠. 밥이 되는 것입니다. 탄소화합물로 구성된 우리 몸이 밥을 원하는 이유가 바로 여기 있습니다. 같은 성분이니까 그런 것입니다.

탄소의 크기로 미루어보건대 쌀 한 톨에는 엄청난 양의 탄소가 들어 있을 겁니다. 여름과 가을철 벼들이 익어가며 내내 해왔던 일이 바로 이것이었습니다. 대지의 물을 빨아올려 이파리를 촉촉이 적시고, 뜨거운 태양광선을 받은 들녘의 초록빛 이파리가 바람 속에 들어 있는 탄소를 모으고 또 모았습니다. 쉬지 않고 일을 해야 가을 들녘에 겨우 쌀 한 톨이 모아집니다. 쌀 한 톨은 엄청난 고밀도의 탄소 복합체예요. 열심히 모으고 모아야 눈에 보이는 한 톨 정도가 만들어집니다. 그러니 가을들녘에 잘 익은 벼들은 지쳐서 고개를 숙이지 않고는 배길 수가 없습니다. 겸손해서 고개를 숙이는 것이 아니라 지쳐서 고개를 들 힘이 없는 것입니다.

그런데 탄소는 어디서 왔을까? 역시 밤하늘에 답이 있습니다. 별들이 반짝이는 것은 핵융합에 의해 엄청난 에너지가 발산되는 때문입니다. 예를 들어 태양에너지는 주기율표상 1번 원소인 수소 4개가 융합하여 2번 원소인 헬륨이 되면서 발생합니다. 이때 핵융합하여 만들어진 새로운 핵은 이전 핵들의 질량의 합보다 약간 작습니다. 이 작은 질량의 차이로 인해 별은 빛을 내게 됩니다. 이때의 질량은 소실되는 것이 아니라 에너지로 전환되는 것입니다. 태양에서는 초당 6억 톤의 수소가 5억 9500만 톤의 헬륨으로 전환되는데, 이때 줄어든 500만 톤의 질량은 저 유명한 아인슈타인의 공식 $E=MC^2$에 따라 에너지로 바뀝니다. 이 과정을 통해 태양은 6000°C 표면온도를 유지합니다. 물질이 변환되는 에너지의 양은 대단합니다. 광속의 제곱을 곱해주어야 하는 것입니다. 별들은 이 에너지를 통해 가운데로 수축하려는 중력을 극복하고, 제 밖으로 빛과 열을 발산하게 됩니다. 태양보다 큰 별들은 더 빠르게 더 많이 이 과정을 진행해서 더 무거운 원소들을 만들어냅니다. 탄소 역시 거대한 별에서의 핵융합과정을 통해서 만들어집니다.

그렇다면 거대한 별의 내부에 합성된 탄소 원소들이 어떻게 지구 표면에 존재하게 되었을까요. 별의 폭발 때문입니다. 별이 폭발하며 합성된 원소들이 우주공간으로 흩어지는 것입니다. 원소들을 융합하는 별의 내부를 다시 상상해봅시다. 별의 내부에서는 가벼운 원자핵들이 빠르게 융합되면서 엄청난 에너지를 발산합니다. 핵융합의 재료인 수소가 모두 고갈되면 그다음으로 헬륨이 융합의 재료로 사용되고 더 무거운 원소들이 만들어집니다. 그러다가 최종적으로 규소가 연소하면서 별의 내부에 철이 만들어지면, 더 이상의 핵융합반응은 일어나지 못합니다. 철은 매우 안정적인 원소이기 때문이죠.

별은 더 이상의 에너지를 만들어내지 못한 채 중력에 의해 급속도로 수축합니다. 이에 따라 별을 이루는 물질들은 엄청난 압력과 고밀도의 상태에 이르고, 별의 내부 온도는 수조 도까지 올라갑니다. 마침내 이 작은 영역에 집중되던 중력에너지가 폭발하고 맙니다. 이것을 슈퍼노바Supernova, 곧 초신성폭발이라고 합니다.

초신성은 항성 진화의 마지막 단계에서 나타나는 폭발 현상입니다. 1000억 개의 태양이 가진 에너지를 한순간에 방출한다니 대단한 불꽃놀이라고 할 만합니다. 10광년 정도 떨어진 거리에서 초신성폭발이 일어난다면, 그 에너지로 인해 지구상의 모든 생물이 멸종될 정도라고 하죠.

초신성이 중요한 것은 그로써 생명에 필요한 원소들을 우주공간으로 뿌려주는 역할을 하기 때문입니다. 거대한 별이 장렬하게 폭발하며 자신의 몸을 이루고 있던 모든 물질들을 아주 멀리까지 나누어주는 것입니다. 수소와 헬륨을 제외한 우리 몸을 이루는 무거운 원소들은 모두 거대한 별에서 만들어졌으며, (철보다 무거운 원소들은 초신성 내부에서 만들어집니다.) 초신성 폭발을 통해 여기 이곳에 도달했습니다. 천문학자 칼 세이건의 말대로 "우리는 모두 별의 자녀들"인 셈입니다.[3]

지구상의 탄소는 대기 중에는 이산화탄소의 형태로 존재하고, 땅속에는 석탄처럼 유기물의 형태로 매장되어 있습니다. 또는 석회암($CaCO_3$)의 형태로 지각을 구성하기도 합니다. 우리는 석탄이나 석회암을 먹을 수 없습니다. 그래서 탄소는 우리 몸에 들어올 수 있는 형태로 만들어져야 했습니다. 대기 속 미세한 농도의 탄소를 아주 정

---

3 칼 세이건, 『코스모스』, 홍승수 역, (사이언스 북스, 2006), 458쪽.

성스럽고 세심하게 모아야 합니다. 30억 년 전 시아노박테리아라는 미생물이 시작한 이 과정을, 이제는 지구상의 모든 녹색식물이 해내고 있답니다. 바로 광합성이죠. 탄소를 모아 쌀 한 톨을 만드는 과정에는 이처럼 우주적 시공간과 무수한 생명체들의 열정이 필요한 것입니다. 그 과정의 결과로 생명은 나락 한 알을 맺습니다.

> "나락 한 알 속에도, 아주 작다고 하는 머리털 하나 속에도 우주의 존재가 내포되어 있다 그 말이에요. 불교의 화엄경 같은 데서 보면 '일미진중 함시방 시방일우주—一微塵中 含十方 十方日宇宙' 조그만 티끌 안에 우주가 있느니라 하는 말씀이에요."
>
> 장일순, 『나락 한 알 속의 우주』, (녹색평론사, 2009).

3

인간의 기원

"개구리 올챙이 적 생각 못 한다"는 속담이 있지요. 이와 정확히 연결되는 이야기는 아니지만, 우리 모두는 기억할 수 없으며 기억하고 싶지 않은 과거를 가지고 있습니다. 우리 모두는 일생의 초창기에 얇게 출랑거리는 꼬리를 달고 있었고, 적어도 한 번은 기름기 풍부한 물 풍선 모양의 세포덩어리였습니다.

오래된 사진첩에 갓난아기 때나 돌 사진은 있지만, 정자와 난자 사진을 가지고 있는 사람은 세상에 없을 것입니다. 있다 해도, 그 사진을 친구들에게 자랑스레 보여줄 사람은 없을 겁니다. 이건 연예인들이 과거 무명시절의 성형 전 사진을 숨기고 싶어 하는 것과 비슷하면서도 다른 경우겠지요. 우리 모두는 지금의 우리와 크게 달랐던 그 시절에 대해 아무런 그리움도 갖고 있지 않는 것입니다.

사람은 어떻게 태어나나요. 인류가 그 답을 발견한 것은 고작 500
년도 되지 않은 일입니다. 그 출발은 고배율 현미경을 처음으로 발
견한 레이엔 훅Anton van Leeuwenhoek(1632~1723)의 집에서 시작됩니
다. 1677년 8월의 일이었습니다. 최초의 현미경을 소장하고 있던 레
이엔 훅의 집에 어느 의대생 한 명이 헐레벌떡 찾아왔습니다. 그의
손에는 하얀 액체가 담긴 실험용기가 들려 있었습니다. 바로 그의 정
액이었지요. 당시 레이엔 훅은 현미경으로 들여다본 작은 벌레나 미
생물을 취미 삼아 종이 위에 그리곤 했는데, 그로 인해 인근 지방에
유명세를 타고 있었습니다. 그리고 그 의대생은 임질에 걸린 상태로,
자신이 걸린 고약한 질병의 정체를 알고 싶었던 것입니다.

레이엔 훅과 의대생은 예의 정액 속에서 생전 보지 못한 것을 발
견합니다. 그것은 작고 꼬물거리는 꼬리가 달린 벌레들이었습니다.
레이엔 훅은 그 벌레를 이렇게 묘사했습니다.

"이 애니멀큘은 적혈구보다도 작고, 형태는 땅콩 머리에 긴 꼬리
를 붙여놓은 모습이며, 뱀장어가 헤엄치듯 꼬리를 움직이며 앞으로
나아간다."[4]

그리고는 이것이 의대생을 괴롭힌 임질의 원인이라고 규정했습

---

[4] 후쿠오카 신이치, 『모자란 남자들』, 김소연 역, (은행나무, 2009), 42쪽.

니다. 사람의 생명이 저 작고 꼬물거리는 것으로부터 나왔으리라는 것을, 그는 감히 상상조차 할 수 없었던 것입니다.

그림 1-2

그로부터 20년 후, 네덜란드 과학자 하르추커르Nicolas Hartsoeker (1656~1725)는 현미경을 통해 정자의 머리 부분에 있는 무언가를 바라봅니다. 작은 아이가 웅크리고 앉아 무릎을 감싸 안은 모습. 정자 안에 팔, 다리, 눈, 머리와 몸통이 구분된 온전한 인간이 들어 있습니다. 그림 1-2 속의 정자는 작은 인간, '극미인'을 싣고 난자를 향해 꿈틀거리며 나아갑니다. 정자 내부의 모습이 이렇게 자세하게 표현된 것을 보면 그새 현미경이 고배율로 개량되었나 봅니다.

하르추커르는 이 발견으로 당시의 남성 중심적 세계관에 그럴듯하게 들어맞는 이야기를 만들어내었습니다. 생명의 계보는 남성을 타고 전해지며 여성은 길러주는 역할만을 하는 수동적인 존재라는 믿음. 그는 보이는 대로 본 것이 아니라 '보고 싶은' 것을 보았던 것입니다. 정자의 머리 속에 유전물질만 가득하다는 지금의 상식이 없던 당시, 그 같은 그림은 사람들의 탄성을 자아내기에 충분했습니다. 하르추커르 역시 동그란 세포 하나가 사람을 이루는 각기 다른 장기로 분화된다는 것을 믿을 수 없었던 게 분명합니다.

사람의 기원이 뱀장어처럼 꼬리치며 산만하게 꿈틀대는 작은 벌레였다니! 처음으로 이 사실을 발견하고 인정해야 했던 사람들의 마음은 어떠했을까요. 카프카의 소설 「변신」의 한 장면을 떠올리면 그 충격에 대한 이해가 좀 더 쉽지 않을까 싶네요. 어느 날 아침 자리에서 일어났더니 기괴한 벌레로 변해 있는 아들 '그레고리 잠자'를 발견한 가족들의 마음이 아마도 그와 비슷했을 겁니다. 벌레가 되어버린 아들을 본 어머니는 충격에 빠져 졸도하고 맙니다. 인간의 기원을 처음 발견한 과학자들 역시 충격에 빠진 나머지 개중의 몇 명은 졸도했을지도 모릅니다. 아니면 사실이 아니라고 회피하거나 확정

되지 않은 가설로 간주하며 애써 그를 외면하고 충격에서 벗어나려고 했을 것입니다. 과학사를 보면, 이처럼 놀라운 진실들은 그 증거들이 서서히 축적되어가는 방식으로 처음의 충격을 완화시킵니다. 그리하여 지금 우리는 우리 생명의 기원을 아무런 충격이나 놀라움 없이 받아들이게 되었습니다.

현미경으로 들여다보는 정자는 장난기 많은 남자아이들처럼 행동합니다. 쉴 틈 없이 움직이는데 그 활동력이 대단합니다. 그러나 한편으로는 소심한 구석도 있어, 혼자 나서지는 못하고 항상 4억이나 되는 친구들과 무리를 지어 다닙니다. 결국 목표를 성취하는 것은 단 하나의 정자이건만, 그 사실을 아는지 모르는지, 그들은 꼭 함께 모여서 목표지점으로 향하곤 합니다.(사실상 정자는 1밀리리터에 2천만 마리 이상이 모여야만 수정이 가능합니다.)

이에 비해 난자는 수줍음이 많고 뚱뚱한 소녀 같습니다. 배란된 난자는 그런 자신이 부끄러운지 나팔관의 미세한 주름 속에 얌전히 숨어서 정자를 기다립니다. 정자보다 1만 배나 무거운 난자의 몸은 생명의 발생 과정에 필요한 영양분과 세포 소기관들이 들어 있습니다. 또한 일반상식과 달리, 수정과 발생 과정에서 주도적인 역할을 하는 것은 정자가 아니라 난자입니다. 17~18세기 유럽에서 여성의 지위가 더 높았더라면, 과학자들은 난자 속에 웅크리고 앉아 있는 '극미인'을 발견했을지 모릅니다.

유쾌하건 그렇지 아니하건, 우리는 우리가 전혀 다른 모양새의 단순함에서 시작되었다는 것을 잊지 말아야 합니다. 우리가 눈에 보이지 않을 정도로 작은 크기였고 엉덩이 어딘가 긴 꼬리가 붙어 있었으며 뱀장어처럼 꼬물꼬물 수영했다는 사실을, 맹목적으로 질주한 끝에 격렬하게 하나 되고 이후로 한동안은 단조로운 기름덩어리에 불과한 형태였다는 사실을 기억해야 합니다. 그래야 과거와 현재의 엄청난 차이를 설명해주는 과정들을 비로소 진지하게 받아들일 수 있을 것입니다. 그래야 짧은 생애의 초창기에 벌어진 일들이 우리의 일상적 상상력을 초월하는 사건들이었으며, 우리의 삶 전체가 하나의 극적인 서사시였음을 비로소 이해할 수 있을 것입니다.

과학자들의 노력으로 우리는 생명 발생과정의 세세한 측면을 들여다보게 되었습니다. 더불어 자궁 안에서의 짧지만 창조적이고 역동적이며 경이로운 변신의 과정들을 이해할 수 있게 되었습니다. 하나의 알egg에서 출발한 생명이 수십 조 개의 세포가 되고 그들이 각기 다른 팔, 다리, 눈, 코, 입, 심장, 피부가 되어간다는 것이 내 스스로 감당할 수 없을 만큼 강렬한 은총의 순간들이었음을 알게 되었습니다.

수정된 작은 구체 하나에는 기적을 일으키는 경이로운 비밀이 들어 있습니다. 생명의 역사를 돌아보건대 그 비밀은 아주 오래전부터 준비되어왔습니다. 지금으로부터 38억 년 전, 지구 표면 어딘가에서 시작된 그것은 지구의 '생명권'이 분투해온 역사적 경험과 축적해온 지혜가 담겨 있습니다. 수정란 하나는 생명의 씨앗이면서 동시에 열매입니다. 하나의 개체로서는 시작이지만, 생명 전체의 역사로 보면 결과이기도 합니다. 우리들 모두는 세계로 부르시고 초대하시는 창조주의 씨앗이자 결실인 것입니다.

> 작년에 그 씨들을 받을 때는 씨가 종말이더니 금년에 그것들을 뿌릴 때가 되니 종말이 시작이 되었다. 그 작고 가벼운 것들 속에 시작과 종말이 함께 있다는 그 완전성과 영원성이 가슴에 짠하게 경이롭다.
>
> 박완서, 『호미』, (열림원, 2007).

4

배아세포의 내적 능력

: 독립성, 자립성, 연대성

생명의 시작은 모두가 동일하지요. 모두 동그란 수정란에서 시작합니다. 생각해보면 모든 시작은 늘 동그랗군요. 초기 우주가 동그랗고, 지구가 동그랗고, 우리의 시작인 수정란도 동그랗습니다. 동그란 모양에 어떤 비밀이라도 숨어 있는 것일까. 모르긴 몰라도, 동그란 모양으로 인해 생명의 발생 과정이 더욱 신비로워지는 것 같습니다.

동그란 모양에는 앞과 뒤가, 위와 아래가 따로 없습니다. 완벽한 대칭 구조라서, 그 속에 들어가면 자신의 위치를 알 수조차 없는 것입니다. 그런데 '몸'을 이루기 위해 동그란 부분의 한쪽은 머리가, 반대편은 꼬리가 되어야 합니다. 어떤 세포는 팔과 다리가, 또 어떤 세포들은 신경계가, 또 어딘가는 소화계가 되어야 합니다. 이 발생과 정을 배아형성과정embryogenesis이라고 합니다.

배아의 세포들은 자기 기능과 역할에 따라 광범위하게 이동합니다. 신경관은 안으로 접히고, 어떤 세포들은 내부로 들어가며, 또 어떤 세포들은 멀리 떨어진 곳까지 여행을 떠납니다. 자신의 위치가 어디인지, 어디가 앞이고 어디가 뒤인지 모르는 상황에서 어디론가 운동을 하는 것입니다. 이 어려운 과정을 통해 자기 위치에 다다른 세포들은 비로소 자신의 위치에 맞는 전문적인 역할을 수행하게 됩니다. 이 모든 과정이 한 치의 오차도 없이 이루어집니다.

배아형성과정은 난할cleavage부터 시작합니다. 먼저 기하학적인 공간분할이 이루어지죠. 동-서 축과 남-북 축이 형성되고 구분선이 등장하면서 세포가 넷으로 분할되고, 이어서 경도와 위도선이 촘촘하게 그려지며 그 숫자가 기하급수적으로 증가합니다. 수백 개로 불어난 세포들은 난황을 가운데 두고 둥그렇게 둘러싸듯 늘어서서 각각의 신비로운 능력을 터득합니다. 배아라는 지구본 위에 특정 위도와 경도, 해발을 가진 자신의 '위치'는 물론 거기서 무엇을 해야 하는지를 세포들은 잘 알고 있습니다. 다시 말해 자신의 정체성인 신경, 피부, 소화관 등의 운명까지 수행할 준비가 되어 있습니다.

세포들에게 GPS 장치가 있을 리 없습니다. 중추 신경계 같은 컨트롤 타워가 있는 것도 아닙니다. 둥그란 배아에 위치 확인을 위한 어떤 기준점 또한 없습니다. 그런데도 세포들은 내비게이션을 켠 운전자처럼 자연스럽게 행동합니다. 어떻게 이런 일이 가능할까요? 세포 개개의 활동을 조절하여 몸의 종합적인 패턴을 만들어가는 힘은 무엇일까요? 배아 세포들에게는 뭔가 특별한 능력이 있습니다. '참 생명을 위한 배아 세포의 내적 능력' 세 가지를 공개합니다.

첫 번째는 '독립성'입니다.

배아를 이루는 모든 세포는 모두 하나의 독립적인 생명 단위로 기능합니다. 그 자체로서는 뭔가 모자라서 여럿이 모이거나 합쳐야 뭔가 일을 할 수 있는, 그런 상태가 아니라는 것입니다. 다시 말해 하나의 세포 안에는 외부의 지시가 필요 없는, 독자적으로 모든 것을 할 수 있는 지시들이 다 들어 있습니다. 탄생 이후부터 몸에 필요한 모든 것을 처리할 수 있는 게놈 한 벌이 통째로 들어 있는 것입니다. 그래서 세포는 신체를 구성하는 어떤 종류의 세포로도 분화할 수 있습니다. 지금은 미약하게 보이는 하나의 세포지만, 나중에는 후손들을 거느리고 신경계도 될 수 있습니다. 간도 될 수 있습니다. 골수가 되어 혈구 세포를 생성할 수도 있습니다. 발생과정을 지켜보기 전에 알아두어야 할 첫 번째가 이것입니다. 수정란의 단순함과 대비되는 배아세포들의 무한한 가능성! 세포는 모든 것이 될 수 있는 다재다능함을 지닌 독립된 생명의 단위입니다.

두 번째 특징은 '자립성'입니다.

세포는 모든 기반시설이 구비된 거대도시와도 같습니다. 그래서 아이들 보육부터 전반적인 사회생활, 거주와 국방 문제까지 모든 것이 그 안에서 해결됩니다. 그 비결은 세포 소기관에 있습니다. 세포 안의 소기관들은 스스로 영양분을 취해 에너지를 생성하며, 각 분야의 전문가들이 도시 행정을 위해 협조하듯 서로 유기적으로 협조합니다.

발전소에서 도시의 동력이 될 전기를 만들어내듯 미토콘드리아는 ATP라는 생명의 동력을 끊임없이 만들어냅니다. 수력발전소 따위를 들여놓을 공간이 없으므로, 세포는 양성자 동력이라는 작지만 확실한 방법을 사용하여 발전소를 가동하고 에너지를 생산합니다. 자립에 필요한 이 모든 기술과 장비들은 수십 억 년의 경험을 거쳐 축적된 것들입니다.

물론 철저한 의미에서의 자립은 아니죠. 도시를 유지하기 위해 농어촌에서 생산된 1차생산물을 유입하듯, 세포를 유지시킬 에너지원이 외부로부터 유입되어야 하니까요. 이를 위해 세포는 외부와 소통할 수 있는 열린 시스템을 갖추고 있습니다.

세 번째 특징은 '연대성'입니다.

같은 유전자를 가진 세포들이 마치 GPS 장치를 지닌 듯 행동한다고 앞서 말했죠. 그런데 지능이 없는 세포들이 어떻게 해서 대칭구조 속 자신들의 위치를 정확하게 파악할까요? 그 해답은 세포들간의 '소통', 즉 연대성에 있습니다.

축구장 관중석에서 카드섹션이 벌어진다고 생각해봅시다.[5] 성공적인 카드섹션이 되기 위해, 기본적으로 참석자들은 자신의 위치 번호를 알고 있어야 합니다. 그리고 그 위치에 알맞은 카드를 펼쳐 들어야 합니다. 그런데 배아발생시기의 관중석은 전후좌우 대칭의 구형인지라 위치 식별도 힘들뿐더러 번호도 쓰여 있지 않습니다. 이런 상황이니 아무리 똑똑한 사람들을 모아놓더라도 처음 계획했던 카드섹션 모양이 제대로 나올 리 없을 것입니다.

그런데 여기 기막힌 방법이 있습니다. 관중들끼리 긴밀한 의사소통을 통해 위치정보를 공유하는 겁니다. 누군가 먼저 "1번!" 외치며 기준을 잡습니다. 그러면 바로 옆 사람이 2번이 되고 이어서 3번, 4번으로 순서가 정해지는 것입니다. 좌우뿐 아니라 전후, 위아래도 마찬가지로 순서가 정해집니다. 관중석 위치가 정해진 이후 카드섹션 참석자들이 저마다 다른 색깔의 카드를 펼쳐들듯, 긴밀한 대화를 통해 각자의 위치가 정해지면 세포들도 그에 따른 자신의 역할을 시작합니다.

앞서 '독립성'에서 말씀드렸듯 세포들은 모든 종류의 세포로 분

---

5 루이스 월퍼트, 『하나의 세포가 어떻게 인간이 되는가?』, (최돈찬 역, 궁리, 2001)에서 아이디어를 얻음.

화할 수 있는 유전자를 가지고 있지요. 한 세포가 카드섹션에 필요한 모든 색깔의 카드를 가지고 있다고 생각하시면 되겠습니다. 현란한 카드섹션을 위해 관중들이 서로 협력하듯, 세포들 역시 정교하고 화려한 몸의 패턴을 만들어가기 위해 서로 대화를 주고받습니다. 세포들의 대화 방법은 무척 특이해요. 입과 귀가 아닌, 세포 표면에 붙어 있는 세포막단백질을 이용하거나 국소분비인자paracrine factor라는 분비단백질을 분비하여 근접한 거리에 있는 이웃세포들과 대화를 나누는 것입니다.

물론 하나의 생명체는 관객으로 가득한 축구장과는 비교도 할 수 없을 만큼 복잡한 구조를 가지고 있습니다. 세포의 역할 역시 카드섹션 참석자의 그것과는 비교할 수 없도록 복잡하죠. 자신의 위치를 찾아 이동하는 세포들의 대화는 공간 의존적이며 동시에 시간 의존적입니다. 세포가 이동하려면 움직이라는 신호가 있어야 하며, 또한 멈추라는 신호도 있어야 합니다. 또한 위치에 따라 다른 신호를 만들어야 합니다. 이것은 세포 내에서의 유전자 발현이 시간과 공간이라는 함수에 따라 달라진다는 것을 의미합니다.

움직이라는 신호를 받은 세포는 가야 할 방향이 정해지면서 자신의 앞과 뒤를 세우고, 주위 세포들과 기질을 땅 삼아 밟아 나갑니다. 그리고 정착해야 할 곳에서는 주위 세포들과 긴밀히 결합하여 정지합니다. 그러고는 자신 역시 새로운 유도신호들을 만들어 냅니다. 이

때의 새로운 유도신호는 이전에 일어난 변형의 결과입니다. 시간과 장소가 달라졌으므로 자신이 영향 받고 영향 주는 신호들이 이전의 그것과 달라집니다. 이처럼 세포들은 대화를 통해 이동하고 정착하며 심지어 자신의 정체성마저 대화를 통해 결정합니다.

자신들의 긴밀한 협력과 연대 속에서 세포들은 조직과 장기, 나아가 전체로서의 몸을 만들어냅니다. 하나의 세포에서 시작된 자손들은 각기 다른 공간으로 퍼져나가고, 200여 종류의 다른 모양으로 변신하고, 각자의 위치에서 자신만의 전문적인 역할을 수행함으로써 수십 조개의 세포로 이루어진 하나의 몸을 형성합니다. 우리 신체를 구성하는 콩팥과 심장, 간, 근육, 혈관, 뼈 등은 모두 하나의 세포가 분열, 이동, 자살, 결합하며 이루어낸 결과물입니다.

더구나 세포들은 '뇌'라는, 우주에서 가장 복잡하고 특이한 장기를 만들어냈습니다. 그것은 200억 개의 신경세포로 이루어져 있습니다. 신경세포들은 길쭉하게 뻗은 돌기들을 가지고 있어서 시냅스를 통해 서로 연결되며, 전기화학적 정보교환을 통해 '의식'을 만들어 냅니다. 대뇌피질에만 10억의 100만 배에 달하는 시냅스가 있으며 연결경로의 수는 $10^{1000000}$개에 이릅니다. 이것은 우주 안에 존재하는 양전하를 띤 입자 개수 10^{80}을 훨씬 능가하는 천문학적 숫자입니다.[6]

뇌는 인간이 알고 있는, 우주라는 광활한 공간을 통틀어 가장 복

잡한 물체입니다. 이러한 뇌가 하나의 세포에서 시작되었다는 것은
우리가 기적이라고 부르는 것들의 가장 극적인 사례일 것입니다.

독립성, 자립성, 연대성의 세 가지 내적 능력을 지닌 세포들이 모
여 있던 배아기는 우리 인생에서 능력이 가장 출중한 시기였습니다.
또한 모든 세포들의 운명을 결정짓는, 우리 인생을 통틀어 가장 중
요하고 힘겨운 시기였습니다. 지금 이 순간이 고달프고 괴로우시다
면 우리의 과거를 생각해보세요. 우리 모두는 수십 억 년에 걸쳐 축
적된 지혜를 몸속에 지니고 있으며, 불과 수십 년 전에는 우리 인생
에서 가장 힘든 시기를 현명하게 이겨낸 사람들입니다.

> 너의 마음속에 있는 어떤 것, 너의 생명을 형성하고 있는 그
> 것은 이미 알고 있을 거야. 우리들 마음속에는 모든 것을 알고 모
> 든 것을 원하고 우리들 자신보다 모든 것을 더 잘 해내는 무언가
> 가 들어 있다는 사실을 깨닫는 것이 네게 도움이 될 거야.
>
> 헤르만 헤세, 『데미안』, (소담, 2003).

---

6   제럴드 에델만, 『신경과학과 마음의 세계』, 황희숙 역, (범양사, 2010).

위대한 죽음

오늘날 우리는 생명의 탄생에 대해 더 이상 별다른 신비로움도 경이로움도 갖지 않습니다. TV 속 마술가의 화려한 손기술에는 감탄하지만, 그와 비교할 수 없는 생명의 신비로움에는 그다지 마음 흔들리지 않습니다. 너무도 익숙한, '때가 되면 일어나는' 일상의 반복인 때문이겠지요.

우리들 무뎌진 감성의 촉수를 깨우기 위해 『그리스인 조르바』 속 조르바의 독백 하나를 짧게 소개하려고 합니다. 미지의 세계를 발견한 탐험가처럼, 조르바는 아침 해가 떠오르는 것조차 감격 어린 눈물로 감탄합니다.

"대체 저 신비의 정체는 무엇이오? 여자란 무엇이오? (……) 이

빨간 물(포도주)이 대체 뭐요? ……빨간 물을 마시면, 오, 보라, 간덩이가 주체할 수 없을 만큼 커지고, 하느님께 시비를 겁니다. 두목, 말해봐요, 대체 어째서 이런 일이 일어나는 거요?"

우리도 임신과 출산의 과정을 있는 그대로 바라봐야 합니다. 그리고 조르바와 같은 질문을 던져야 합니다. 간덩이가 부어서 하느님께 시비 걸듯 감탄해야 합니다.

"도대체 저 뱃속에서 무슨 일이 일어나는 거요? 동그란 알갱이가 어찌 사람이 된단 말이오? 여자란 무엇이오?"

임신과 출산 과정을 통틀어 신비로움의 백미는 이제 말씀드릴 죽음의 문제가 아닐까 해요. 몸의 발생단계에서 생겨나는 '최초의 죽음' 말입니다.

이해가 쉽도록 관점을 조금 바꾸어봅시다. 세포 하나하나가 독립성과 자립성을 지니고 있다고 말씀드렸죠? 세포를 하나의 생명 단위라고 생각해봅시다. 단순하기 그지없는 새의 깃털 문양 하나도 가볍게 여길 수가 없게 될 것입니다. 이는 단 하나의 색소만을 만들어내는 수십 만 개의 세포가 정확히 자신의 역할을 수행함으로써 만들어내는 집단 군무와도 같거든요.

앞장에서, 관중석에 모여앉아 카드섹션을 하는 사람들의 비유를 들었지요. 여기, 전후좌우를 알 수 없도록 빼곡히 들어찬 관중석에 홀로 앉은 '한 사람'이 있습니다. 그가 지금 자신의 위치를 파악하고 전체 카드섹션에 맞는 카드를 선택해서 머리 위로 들어 올려야 합니다. 오늘 카드섹션이 구현해야 할 그림은 태아의 '손' 입니다. 그래서 수많은 사람들이 '손' 모양의 관중석에 빼곡히 들어 앉아 있습니다.

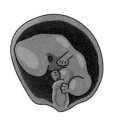

5주

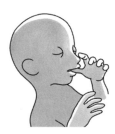

6개월

그림 1-3

그림 1-3의 좌측에서 5주차에 달한 태아의 손을 볼 수 있습니다. 저 작은 손은 벙어리장갑을 낀 것도 같고 한 덩어리의 곤봉 같기도 하군요. 낭배 형성 이후의 세포들은 각자의 운명이 정해진 상태입니

다. 자신의 위치로 이동한 세포는 이제 자신의 다재다능함을 철저히 숨기고 오로지 부여된 임무만을 위해 행동해야 합니다. 손가락을 이루는 하나하나의 세포들은 '손'이라는 지령을 받고 바로 손목의 끝자리에서 함께 자라면서 손을 형성했습니다.

오른쪽 사진은 6개월 된 태아인데, 손가락 다섯 개가 뚜렷이 구분되어 보입니다. 5주차의 곤봉 모양의 손에서 어떻게 길고 가느다란 손가락 다섯 갈래가 솟아올랐을까요? 손바닥에서 돌기같이 손가락들 다섯 개가 자라나오면서 형성되는 게 아닙니다. 먼저 벙어리장갑 같은 살덩어리가 형성된 후, 손가락 사이사이에 있는 살점들이 없어지면서 손가락 형상을 만듭니다.

솟아오르건 사라지며 만들어지건 별 차이 아닌 것 같지만 세포의 관점에서 보면 그게 아닙니다. 세포들은 자신의 위치를 잘 알고 있어요. 자기 자리가 손가락 위치인지 아니면 손가락과 손가락 사이인지를 기막히게 알아냅니다. 그리고 자신이 '없어져야 하는 위치에 있다'고 판단되면 세포자살Apoptosis 과정을 거쳐 인생의 무대에서 스스로 사라지게 됩니다. (오리나 닭 같은 가금류는 사라지지 않고 일부가 남아서 물갈퀴가 됩니다.) 관중석에 카드섹션을 하는 사람들의 예를 들자면, 색깔을 가득 채우고 일어선 관중석에서 여백의 위치에 자리한 관중들이 제자리에 앉으며 전체 미션을 완성하는 겁니다.

'스스로 사라진다'는 것은 절대 가벼운 사실이 아닙니다.

첫 번째, 하나의 세포는 '독립된 생명체'입니다. 세포는 무엇이든지 할 수 있는 유전자(독립성)와 스스로 에너지를 만들어낼 수 있는 시스템(자립성)을 가지고 있습니다. '스스로' 결정할 수 있고, 그 결정은 자신의 생명을 유지하고 번식하려는 방향으로 선택됩니다. 살고자 하는 본능이 38억 년에 걸친 경험과 함께 유전자 속에 축적되어 있는데, 세포자살은 그 본능에 역행하는 결정인 것입니다.

두 번째, 자신의 '위치와 역할에 대한 자각'에 대한 부분입니다. 배아세포가 연대성에 기초해서 '세포지능 GPS'를 만들어낸다고 앞에서 말했습니다. 주위 세포들과의 소통과 협력을 통해 자신의 위치와 역할을 알게 되는 겁니다. 이처럼 세포는 전체 속에서 '소통과 교감'을 통해 자신의 역할을 파악하고, 이에 따라 자신의 운명을 선택합니다. 선택에는 '스스로 사라지는 것'까지 포함되어 있습니다. 전체를 위해 필요하다면 내 스스로를 분해하여 없어지는 것조차 불사한다는 것입니다.

세포자살이 없었다면 우리의 손가락과 발가락은 지금과 같은 모양이 아닐 겁니다. 사람의 입과 항문, 생식기관의 입구 역시 세포가 죽음으로써 형성됩니다.

세포자살이 몸의 형성과정에 중요한 역할을 하는 대표적인 부분은 면역계와 신경계입니다. 인간의 두뇌세포는 최종적으로 갖게 되는 것보다 세 배나 많은 수를 가지고 태어납니다. 갓 태어난 아이의 뇌는 1000억 개의 신경세포를 가지고 있지만 이 중 2/3이 성장과정에서 사라지고, 특정부위에서는 80%의 세포가 소실되기도 합니다. 뇌세포는 세포들 사이의 연접Synapse을 통해 신경회로를 만들고 이곳을 통한 전기화학적 정보교환으로 의식을 창출하는데, 이 신경회로 역시 성장과정에서 상당수가 소실됩니다.

면역계 역시 세포자살이 중요한 역할을 합니다. 세포 중 림프구는 외부 항원이 침입했을 때 그것을 제거하는 역할을 합니다. 우리가 살아가는 환경에는 매우 다양한 항원이 있지요. 각각의 외부 항원에 대처하기 위해, 림프구는 엄청나게 다양한 항원 수용체를 각자의 세포 표면에 지니고 태어납니다. 여기서 중요한 것은 절대로 자기 자신에 대한 수용체를 가지고 있어서는 안 된다는 것입니다. 만약 그런 일이 벌어진다면 자가 면역질환이 생기게 됩니다.

엄청나게 다양한 항원 수용체를 지님과 동시에 자가 항원에 대한 수용체는 지니지 않는 것. 이 두 가지 규칙을 지키기 위해 몸은 세포자살을 이용합니다. 엄청나게 다양한 면역세포들을 일단 만들어내고, 이후 자기 몸의 항원을 일일이 대조해가면서, 자가 항원에 반응하는 면역세포들에게는 자살하라는 명령이 내려집니다.

이로 인해 생성된 전체 세포 중 90%가 자신의 몸을 공격할 수 있다는 이유로 제거되고, 나머지 10%만이 살아남아 몸의 면역을 위해 일하게 됩니다. 그렇게 살아남은 림프구의 항원 다양성은 10^9에서

10^{11}에 이르니, 세포자살로 없어지는 면역세포의 수가 얼마나 많은지 예상할 수 있을 것입니다.

세포자살은 전체를 위한 개별의 위대한 희생입니다. 이러고 보면 우리 몸은 필요 이상을 만들어낸 후 필요 없는 부분을 제거하면서 자신의 목적을 실현하는 것 같기도 합니다.

세포자살의 긍정적인 측면은 자살이 아닌 타살인 경우를 비교해 볼 때 더욱 분명해집니다. 당뇨발이나 욕창처럼 혈액순환이 안 되어 발끝이나 엉덩이 살이 검게 죽어버리는 것. 영양분을 공급받지 못해서 세포가 죽는 건데, 이를 가리켜 괴사necrosis라고 합니다. 괴사된 부분은 염증 반응으로 발갛게 부어오르고 세균감염으로 이어지기도 합니다. 이처럼 내부적 결정에 의한 세포자살이 아니라 외부적 요인에 의한 세포 타살-죽음은 다른 세포 또는 몸 전체를 위하는 행위로 이어지지 않습니다. 그 반대죠.

죽음의 촉발은 세포 내부에서 시작됩니다. 세포의 죽음은, 아이러니하게도 삶을 가장 근거리에서 보좌하는 미토콘드리아 내막에서 시작됩니다. 시토크롬C는 평소에 막에 붙어 호흡연쇄의 특정 역할을 담당하는 단백질입니다. 죽음이 필요하다는 판단을 하게 됨과 동시에, 이 물질은 100만분의 2밀리미터 정도 막에서 떨어집니다. 그러면 신속하고도 가차 없는 사형집행이 시작됩니다. 다른 누군가가 시키거나 강제하는 것이 아닙니다. 이웃세포들과의 정교한 관계성 속에서 정보를 얻어, 스스로 결정하는 것입니다.

고도의 윤리의식과 이타성을 지니고 있는 인간사회에서나 있을 법한 세포의 죽음. 연대해야 할, 연대하면서 도덕과 윤리를 형성해 나가야 할 인간의 역사를 원리적으로 설명해주는 것 같습니다. 세포 하나 속에는 이처럼 인간이 감히 이해할 수 없는 복잡성과 정교함, 그리고 숭고함까지 담겨 있습니다.

6

내려놓음

낙엽 떨어지는 가을이 되면 공연히 울적해지고 이런저런 생각이 많아지지요. 선선한 가을바람과 노란 단풍이 주는 운치는 어쩔 수 없게도 인생의 말년이니 황혼과 같은 단어를 떠올리게 합니다. 생의 끝자락을 붉게 물들이는 낙엽과 황혼을 맞은 노인의 뒷모습에는 모두 쓸쓸한 아름다움이 있습니다. 스스로 때를 알아서 늙어간다는 것. 그것은 안타깝지만 아름다운 모습입니다. 타인과 후세를 위한 배려입니다. 내년에 돋아날 새순을 위해, 땅속 유기물을 기반으로 자라나는 생물들에 대한 헌신입니다.

앞장에서 살펴본 세포자살 즉 'Apoptosis'는 라틴어 'falling leaves'에서 유래했습니다. 과학자들은 세포자살과 가을의 낙엽을 보면서 '배려'와 '헌신'이라는 공통점을 읽었던 것입니다. 우리말 가운데 '덜 떨어진 놈'이란 표현이 있지요. 때가 되었는데도 내려놓지 못하고 '쥐고 있는' 못난 놈을 가리키는 표현으로도 그 의미가 통할 것 같습니다. 순환하는 자연은 있는 그대로 훌륭한 스승입니다.

수정란에서 출발한 한 개의 세포는 평생 10^{16}개의 딸세포를 형성합니다. 우리 몸은 수십 조 개의 세포로 구성되는데, 하나의 세포는 오래도록 내 몸 안에서 살아가는 게 아니라 계속해서 소멸과 생성을 반복합니다. 생성될 때마다 분열하여 딸세포를 만들어내야 합니다.

모든 세포들은 최초의 수정란이 가지고 있던 다재다능함(독립성)을 가지고 있어요. 뭐든지 될 수 있다는 의미입니다. 그러나 배아 형성시기가 지나면 세포들은 그 다재다능함을 숨기고 철저히 주어진 역할만을 하며 살아야 합니다. 이를테면 간세포들은 절대 '간' 답지 않은 생을 살 수 없습니다. 피부세포는 절대적으로 피부 모양에서 벗어날 수 없습니다. 주어진 역할 외에 다른 것들은 '하지 말라' 하는 억압적 명령이 존재하는 겁니다.

억압 중 가장 고통스러운 것은 바로 '연애하지 말라'는 명령이죠. 연애의 욕망을 세포 차원에서 해석하면 '증식에 대한 욕망'이라고 할 수 있겠습니다. 다세포 동물은 연애 능력을 생식세포에게 일임했습니다. 그리하여 생식세포 외의 체세포들은 일체 증식을 할 수 없게 되었지요.

참 슬픈 일입니다. 생명의 역사 38억 년 중 30억 년 동안, 지구는 자유로운 단세포들의 천국이었어요. 누구든 스스로 생식분열이 가능했습니다. 그런데 언제부턴가 다세포왕국이 등장하면서 전체를 위해 생식의 자유마저도 유린당하는 시대가 온 것입니다. 연애마저도 통제 당하는 세포의 운명이 그다지 실감나지 않으신다면 여기 조지오웰의 소설 『1984년』의 한 장면을 흉내 내어 보겠습니다. 풍족하지는 못해도 있는 만큼 누리며 자유롭게 한 평생을 살던 사람들의 마을에, 어느 날 커다란 확성기가 설치됩니다. 그리고 기관원의 명령 같은 안내방송이 쏟아져 나왔습니다.

"지금부터 자녀는 생식세포만 가질 수 있습니다. 여러분은 지정된 위치로 가시고 연애는 꿈도 꾸지 마세요!"

10^{16}개는 상상할 수 없이 많은 숫자입니다. 평생 세어도 못 셀 숫자죠. 그런데 이 많은 세포들을 획일적으로 통제하는 게 가능할까? 하루에 죽어나가고 새로 생기는 세포 수는 100억 개. 이 가운데 '통제'를 벗어나 '자유'를 외치는 아나키스트들이 있을 수 있을 것입니다.

아나키스트의 무정부투쟁이 성공하면 어떤 일이 벌어질까요? 스스로 증식하기 시작하겠죠. 원초적 욕망이 통제를 무력화시키고는 자신과 똑같이 생긴 자손을 쉴 새 없이 만들어냅니다. 이것을 암이라고 합니다. 다시 말해 암은 죽는 과정이 생략된 세포, 즉 자살할 능력을 잃은 세포라고 할 수 있습니다. 그렇게 나쁜 아이들은 아니죠? 죄가 있다면 눈치 없이 본능에 충실했다는 점일 겁니다. 질서로부터 이탈하여 자유를 꿈꾸고 용감하게 실행했다는 것.

하루에도 수천에서 수만 건의 세포들이 이처럼 통제를 벗어나는 오류를 범하곤 합니다. 그러나 모든 사람이 다 암에 걸리는 것은 아닙니다. 스스로 통제를 벗어나기 시작한다고 느꼈을 때, 세포가 자살을 시작하기 때문입니다. 예를 들면 방사선, 약물, 세균 등의 영향으로 유전자가 손상되면, 세포는 스스로 이것을 감지해서 자살을 진행합니다. 대표적인 것이 p53유전자. 반란자를 찾아서 자살 명령을 내리는 유전자인데, 그래서 '종양억제 유전자'라고도 하죠.

인간에게 암의 50%는 p53유전자가 돌연변이로 고장이 나거나 상실되었을 때 생깁니다. 수십 조 개의 다세포생물들이 유기적인 몸을 형성하고 하룻밤을 별일 없이 지낸다는 건 확률적으로도 매우 어려운 일입니다. 다시 말해 암에 걸리지 않고 늙어간다는 것은 사실 기적과도 같은 일입니다. 매일 아침 눈을 뜨면 고생한 몸에게 감사와 격려의 한마디를 해주셔도 좋겠습니다. 더불어 어제 하루 '나'를 위해 스러져 간 세포들을 위해 묵념으로 하루를 시작하시는 것은 어떨까요.

자연은 대순환 속에서 영원성을 잃지 않습니다. 자연의 구성원들이 보여주는 영원성의 열쇠는 '스스로 내려놓을 때를 안다'는 사실입니다. 우리 몸도 예외는 아닙니다. 발생과정뿐 아니라 매순간, 우리 몸은 자기를 점검하고 때가 오면 미련 없이 내려놓습니다. 그래서 떠나는 모습은 아름답습니다. 노랗고 빨갛게 지는 낙엽들과 저녁의 석양, 노인의 깊게 주름진 피부까지도 모두 아름답습니다.

7

죽음, 삶의 필연

침대에 죽음이 임박한 환자가 누워 있습니다. 환자의 힘겨운 숨소리가 점차 거칠어지는 중입니다. 가로막은 과도한 운동으로 지친 듯 보이고, 목과 가슴에 붙은 근육은 가슴을 들어 올리는 일조차 힘에 부쳐 보입니다. 숨이 턱 밑까지 차올랐던 얼마간의 시간이 지나면, 몸과 표정이 다시 평온해지기 시작합니다. 모든 것을 내려놓았다는 듯, 애를 쓰던 근육 움직임이 얌전히 사그라집니다. 잦아든 호흡, 마지막 날숨이 지난 후 다시 들숨이 시작되지 않습니다. 몸의 온기가 점차 식어가고 딱딱하게 굳기 시작합니다. 환자의 몸을 이루던 모든 세포들이 '다함께 죽기'를 시작합니다.

죽음이 없이는 다세포 생명체가 탄생하고 유지될 수 없다고 앞에서 말씀드렸습니다. 세포의 죽음은 발생 과정뿐 아니라 성인이 된 몸에서도 일상적인 현상이라고 말이죠. 그런데 이때의 죽음은 어디까지나 세포 차원의 죽음입니다. 우리는 손가락 사이사이를 보면서 또는 머리카락이 빠지는 걸 보면서 죽음을 연상하지는 않습니다. 발뒤꿈치의 허연 각질세포들을 보면서 나의 죽음이 오늘도 나를 새롭게 하였노라고 비통함에 잠기지는 않죠. '개체' 중심적으로 사고하는 우리네 성향 때문일 것입니다.

일반적으로 죽음은 세포 차원이 아닌, 사람의 몸 전체가 소멸되는 현상을 의미합니다. 죽음은 그 사람의 몸 전체가 땅에 묻히는 일입니다. 몸과 함께 출현했던 그의 인격과 몸짓과 목소리 등을 다시는 볼 수도 들을 수도 없는 상태입니다. 몸을 이루는 세포들의 '개별적' 죽음과 달리, 이것은 모든 세포들이 '다함께' 죽는 일입니다. 다시 한 번 강조하지만 '다함께 죽기'corporate death입니다.

인간은 반드시 죽습니다. 모든 동식물들도 다 죽게 되어 있습니다. 수명이 2~3년에 불과한 생쥐부터 60년을 사는 코끼리까지 그것은 거역할 수 없는 운명입니다. 인간의 경우 의학기술이 평균수명을 크게 연장시켰지만 120년가량 되는 한계수명은 건드리지 못하고 있습니다. '다함께 죽기'는 이처럼 모든 생명체들의 예정된 운명이죠. 그러나 갑작스런 죽음 앞에서 또는 너무나 안타까운 죽음 앞에서 우리는 이런 질문을 던지기도 합니다.

"왜 죽어야 하는가?"

"왜 죽을 수밖에 없는가?"

죽어본 사람만이 그 답을 알고 있을지 모릅니다. 그래서 영원히 답을 구하지 못할 질문일지 모릅니다. 호기심 많은 과학자들은 이에 대해 몇 가지 가설을 세우기도 했는데, 그중 하나는 죽음이 있는 생명들과 없는 생명들을 비교해본 끝에 나왔습니다. 어쩌면 그 둘 사이의 간격 속에 죽음을 이해할 만한 설명을 발견할 수 있을지 모르겠습니다.

죽지 않는 생명체도 있냐고요? 있습니다. 영원한 삶을 누리는 생명체가 있을 뿐 아니라 개체수로는 유한한 생명체보다 더 많습니다.

그림 1-4

바로 단세포 동물, 아메바입니다. 환경과 조건만 된다면 아메바는 무한정 분열할 수 있습니다. 아메바 세계에는 죽음에 대한 공포가 없습니다. 조건부이긴 하지만 늙음의 과정 또한 없습니다. 아메바의 피부라 할 수 있는 원형질막은 때로는 입이 되기도 하고 때로는 항문의 역할을 하는데, 나이가 든다고 틀니를 끼거나 변을 지리는 경우는 없습니다. 물론 검버섯 제거 수술도 보톡스 시술도 할 필요가 없습니다. 대단한 젊음이지요. 아메바뿐 아니라 박테리아와 균류도 죽지 않습니다. 노화와 죽음의 화살은 어떻게 이들을 비껴갔을까요?

죽는 생명체와 죽지 않는 생명체와의 차이점을 먼저 살펴보겠습니다. 확연하게 눈에 띄는 차이는 '크기'입니다. 한쪽은 작아도 너무 작고, 다른 한쪽은 크고 다양합니다. 한쪽은 단세포생물들이고 다른 한쪽은 다세포생물입니다. 이쯤 되면 영원한 삶이 보장된 그들을 시기하거나 부러워할 일이 아닐 것 같습니다.

진화의 역사를 보면, 죽음을 터득하지 못한 생명체는 단세포 생활에서 한 발짝도 벗어나지를 못했습니다. 죽을 줄 아는 생명체만이 계통발생을 통해 복잡해지고 덩치가 커지고 중추신경계를 가지게 되었습니다. '다함께 죽는 방법'을 터득한 것은 고등생명체의 출현과 번성의 결정적인 열쇠였습니다.

고등생물의 구성 세포들은 그 모양이 다양하고 저마다 전문적인 능력을 가지고 있습니다. 세포들은 자신의 전문적인 능력을 위해 생식하는 기능마저 포기해야 했습니다. 간을 구성하는 세포가 계속해서 생식하면 간이 두 개, 세 개로 늘어나겠지요. 그렇게는 개체로서의 생명이 유지될 수 없습니다. 세포는 전문성을 위해 생식을 포기하고 전체를 위해서 자신의 역할을 한정시켰습니다. 자신의 운명을 자신이 속한 세포집단의 운명에 귀속시켰습니다. 그리하여 지구상의 모든 다세포 동물은 개체를 이루는 세포 집단이 한정된 시간 동안의 삶을 누린 후 다함께 죽는 운명을 밟습니다. 생물학자 어슐러 구디너프는 말합니다.

"죽음은 그 자체로 분명한 의미가 있다. 죽음이 없는 성은 단세포 해조류와 균류를 만든다. 죽어야 할 체세포를 가진 성은 다른 진핵생물을 만든다. 죽음은 나무, 조개, 새, 메뚜기가 되기 위해 치른 대가다. 죽음은 인간이 의식을 갖기 위해 치른 대가며, 그 모든 빛나는 인식과 그 모든 사랑을 의식하기 위해 치른 대가다."[7]

그렇다면 왜 죽지 않는 다세포 생명체는 없는 것일까?

그 같은 질문에 대한 답은, 완벽하지는 못하지만, 질문 속에서 구할 수밖에 없습니다. 죽지 않고 살면 다세포 생명체가 될 수 없었을 것입니다. 다시 말해 다세포 생명체의 삶은 죽음과 함께 시작된 것

---

7 어슐러 구디너프, 『자연의 신성한 깊이』, 김현성 역, (수수꽃다리, 2000).

입니다.

　고등생물은 죽음을 전제로 탄생했습니다. 난자와 정자가 수정되는 순간, 죽음이 함께 심어지는 것입니다. 삶이 먼저 있고, 언젠가 다가올 죽음이 삶을 사라지게 하거나 지워버리는 것이 아닙니다. 죽음과 삶은 함께 출현했으며, 다만 탄생 후의 삶 속에서 죽음은 보이지 않게 간직될 뿐입니다. 죽음은 다세포 생명체가 가지고 있는 전문적인 능력과 세밀한 기교, 아름답고 화려한 형태로 삶 속에 기억됩니다. 다세포생물의 특징을 이루는 모든 것이, 애초에 죽음과 함께 찾아온 능력이기 때문입니다.

　죽음을 향한 행진 속에서 생명의 세계는 더 화려해지고 아름다워집니다. 인간의 빛나는 의식과 문화 역시도 죽음이 없었다면 존재할수 없는 것들입니다. 죽음이 없는 지구를 상상해보세요. 아침을 울리는 새소리도, 허공을 가르는 나비의 날갯짓도, 단 한 번의 아기 울음소리도 들리지 않았을 겁니다. 죽음은 삶의 필연성입니다. '몸'에게 있어 삶과 죽음은 짝꿍입니다.

　이제 막 태어난 아기에게도 어김없이 죽음이 점지되어 있다는 것을 생각하면 삶이 덧없고 무상하게도 느껴집니다. 자라면서 삶의 유한함과 동시에 죽음을 예견하는 아이는 또한 불안과 공포를 배우게 되겠지요. 그러나 아이는 유한함을 자각함으로 비로소 인간이 됩니다. 유한함으로 삶을 긍정하고, 의미와 가치를 부여함으로써 생물학적 본능 이상의 가치를 추구하게 됩니다. 삶과 죽음에 대한 과학적 이해는 적어도 유한한 삶에 대한 우리의 이해를 더욱 가치 있게 만듭니다.

과학에 따르면 죽음은 공포를 조장하는 삶의 반대말이 아닙니다. 그것은 삶의 필연성이며 동시에 가능성입니다. 이제 죽음은 더 이상 아이의 뒤를 좇는 저승사자가 아닙니다. 아이와 동행하는 동반자이고, 어쩌면 아이의 생명과 함께 주어진 신의 은총일지도 모릅니다.

> 누가 덧없이 말했는가
> 죽음은 공포이며 슬픔이라고
> 죽음은 생의 종말이며
> 삶의 끝이라고 말하지 마시오
>
> 죽음은 가장 진지한 삶의 표현
> 가장 경건한 삶의 완성인 것을.

죽음의 찬가 / 김소엽[8]

---

8 김균진, 『죽음의 신학』, (대한기독교서회, 2003), 207쪽에서 재인용.

8

영생에 대한 과학적 전망

　사람은 죽어서 흙으로 돌아갑니다. 먼저 살이 썩고 살을 지탱해 주던 뼈들마저도 형체를 잃어갑니다. 미생물과 흙과 바람은 시체를 작은 분자 단위로 해체해 자연에 돌려줍니다. 그렇게 비옥해진 땅과 대기를 통해 온갖 생명이 자라나지요. 풀이 나고, 소와 양들이 풀을 뜯어 먹습니다. 가을 들녘에 벼가 익어 사람들의 밥상에 오릅니다. 그리고 다시 누군가의 몸이 만들어집니다. 손톱과 머리카락이 자라나고, 살점이 되고, 적혈구로 40일 간의 생을 다시 시작하기도 합니다.

　흙과 대기는 죽은 몸을 다시 '몸'으로, 죽음을 생명으로 연결시켜 줍니다. 그리하여 죽은 몸은 미처 저승에는 닿기도 전에 이승에서의 새로운 삶을 다시 시작합니다. 보이지 않는 순환의 열차가 자연계의 다양한 경로를 따라 이들 시체들을 나누어 싣고 달립니다. 토양과 대기라는 철로를 따라 죽은 몸은 새로운 살아 있는 몸으로 도착합니다.

'몸'은 재생과 순환의 열차가 잠시 들렀다 가는 정거장입니다. 이 열차는 결코 멈추는 법이 없습니다. 열차는 하나의 몸을 떠나 새로운 몸을 향해 나아갑니다. 몸은 순환과 재생을 통하여 영생을 추구합니다. 몸은 여일하게 존재하는 전체와 연결됨으로써 죽어서도 살아 있음을 유지합니다.

순환과 재생이란 자연이 보여주는 가르침입니다. 봄의 들꽃과 여름의 울창한 숲은 가을이 되어 사라집니다. 태양은 저녁에 져서 아침에 떠오르며, 달은 초승달에서 반달을 거쳐 보름달로 차오르다가 다시 초승달로 기울기 시작합니다. 멋지게 위용을 뽐내던 사슴의 뿔은 늦봄에 저절로 떨어지고 바로 그 자리에 뽀송뽀송한 솜털 달린 새 뿔로 자라납니다. 없어졌다가 다시 돋아나는 강렬한 재생의 상징 때문에 신라 왕관에는 녹각이 얹혀 있었으며, 그 옛날 조상들의 무덤에서는 시신의 머리맡에 사슴뿔을 놓기도 했습니다.

죽음에 대한 생물학적 설명도 이와 크게 다르지 않습니다. 영생은 순환과 재생을 통해 성취됩니다. 나의 몸은 일시적인 정거장이며, 현재 내 몸을 이루는 생명의 요소들은 언젠가 또 다른 정거장을 향해 떠나야 합니다. '몸'은 언젠가 죽어야 합니다. 그래야만 새로운 무엇이 출현할 수 있습니다. 나의 몸 역시 누군가가 죽었기 때문에 지금 여기에 존재하는 것입니다.

자연계에서의 순환의 고리는 상식적인 규모를 벗어납니다. 이해를 돕기 위해 두 가지 예를 들어보겠습니다. 산업혁명 이후 화석연료는 문명의 주요한 에너지였고, 지금도 열심히 쓰이는 자원입니다. 화석연료는 과거 지구상을 점유했던 동식물들의 사체에서 만들어졌지요. 특히 고생대 '석탄기'에 이런 일이 많이 일어났다고 합니다. 길이 30미터가 넘는 고사리 같은 양치식물이 지구를 점령했던 시기였습니다.

수억 년 전 이 생명체들이 장구한 시간에 걸쳐 대기 중의 탄소를 모아 응축시켰고, 그것이 매몰되었고, 그것을 지금 우리가 땅속으로부터 캐내어 대기 중으로 날려 보내고 있는 것입니다. 휘발유를 넣고 자동차를 굴리는 것도 탄소 순환의 한 모습입니다. 대기 중의 탄소는 또 다른 누군가의 몸이 되겠지요.

또 하나의 거대한 순환은 세계의 지붕, 히말라야 산맥을 중심으로 진행되고 있습니다. 인도판과 아시아판이 충돌하면서 엄청난 높이로 융기한 히말라야 산맥은 지구에서 가장 두꺼운 지각을 가지고 있지요. 이 거대한 바위덩어리는 탄소 순환에 중요한 역할을 해왔습니다. 히말라야 산맥이 비바람에 침식되면서 지각 속에 칼슘(Ca)이 노출되고, 이것은 대기 중의 이산화탄소(CO_2)를 흡수하여 석회암($CaCO_3$)을 만들며, 이는 대기 중의 이산화탄소를 바위 안에 가두는 역할을 합니다. 이산화탄소의 농도가 높을수록 석회암이 만들어지는 속도가 빨라지지요. 이 현상은 지난 6000만 년 동안 점점 넓어지는 숲과 힘을 합쳐 이산화탄소 농도를 지구역사상 최저 수준으로 끌어내렸습니다. 그로써 지구 온도가 안정되는 데에 한몫을 한 것입니다. 이처럼 자연계는 순환과 재생이라는 생명철도를 멈추지 않게 하기 위해 '온몸'을 사용하고 있습니다.

시간에 따른 생명의 변천사를 좀 더 넓히면 다른 의미가 보입니다. 순환의 철로에 있어, 앞선 정거장이 단순히 시간적으로 앞선 것만을 의미하지 않는다는 것입니다. 지하철 2호선. 홍대입구를 지난 열차는 신촌을 거쳐 이대를 지나가겠지요. 각각의 역과 역 사이에는 시간적, 공간적 차이가 존재할 뿐 어떤 상관관계도 가지지 않습니다.

그러나 생명의 열차가 지나는 정거장은 다릅니다. 만일 홍대입구역에서 큰 화재가 있었다면 다음 정거장인 신촌 역에도 화재로 인한 냄새의 흔적을 찾아볼 수 있을 것입니다. 만일 신촌 역에서 대규모의 보수공사를 벌였다면 그 영향을 이대 역에서도 확인할 수 있을 것입니다. 거시적 관점에서 장구한 시간의 흐름을 한눈에 바라본다면, 생명의 역사라는 정거장에서는 간혹 특별한 일들이 벌어지고, 그것들이 선별되고 누적되어 다음 정거장에 반영됨을 확인할 수 있습니다. 누군가 최초로 눈을 떴고, 누군가 최초로 육지로 올라와 코로 숨을 쉬었으며, 누군가 최초로 불과 도구를 사용했습니다.

특히 의식의 출현 이후의 문명권에서 이러한 의미는 더욱 각별해집니다. 문화와 예술, 종교와 과학으로 대표되는 문명은 지난 수많은 정거장들의 토대 위에 형성되었고, 그 문명은 정신적 존재로서의 나 자신의 삶을 규정짓게 됩니다. 오늘날 인권과 민주주의 등의 가치들 또한 마찬가지 맥락에서 이해할 수 있겠습니다. "앞서서 나가니 산 자여 따르라"는 민중가요의 노랫말을 기억하실 겁니다. 산 자가 앞선 자를 따르기 위해서는 앞선 자가 죽어야 합니다. 그렇게 시작되는 산 자의 삶은 앞선 자가 지나간 길을 따라가기 마련입니다.

'순환과 재생을 통한 영생'이라는 과학적 전망은 죽음 앞에 선 인간의 허무와 불안을 어느 정도 위로해줄 수 있을 것입니다. 그러나 제한적인 위로이고 피상적인 치유일 수밖에 없습니다. 이 관점으로는 나의 인격과 정체성의 문제를 해결할 수 없기 때문입니다. 지상에서 내가 가지고 있던 아이덴티티는 죽음과 함께 소멸됩니다. 정신현상을 수반했던 뇌의 전기화학적 정보들이 해체됨과 동시에 소멸되는 것이죠. 그럼으로써 나는 앞서 죽어간 누군가를 만날 수 없으며, 누군가에게 용서를 빌 수도 없으며, 누군가를 다시 사랑할 수 없는 것입니다.

하나 더, 지구상에서의 생명의 순환은 영원할 수 없습니다. 우리 몸을 구성하는 요소들은 영원히 존속할 수 없는 물리학적 나이를 가지고 있기 때문입니다. 그 이전에, 생명의 기원인 태양에너지가 앞으로 50억 년이면 종말을 고하게 될 것이기 때문입니다. 지난 40억 년 간 태양은 30% 밝아지면서 나이가 들어갔고, 앞으로 50억 년 후면 황혼의 나이에 접어들면서 적색거성이 될 것입니다. 그 시기면 태양계의 푸른 빛깔은 모두 자취를 감추게 됩니다. 지속하는 전체 속에서 영생의 안식을 얻으려는 노력은 결코 성공할 수 없는 운명입니다. 그런 면에서 영생에 관한 과학적 전망은 피상적일 뿐입니다.

죽음 이후의 세계에 대해 어린 시절부터 익혀왔던 것은 천국과 지옥의 이분법이었어요. 생명 열차의 종착역에 무서운 갈림길이 기다리고 있고, 우주를 주관하시는 하느님이 무서운 심판관으로 그 자리에 있다는 것. 머리가 굵어지며 이러한 이미지들에 대한 거부감은 커져 갔습니다. 결국 이러한 이미지들은 종교 권력이 만들어낸, 인간의 문화권 안에서 형성된 것이라는 것을 알게 되면서 영생에 대한 믿음이 시들해졌습니다. 천국과 지옥의 이미지는 보상과 처벌로서 현세의 삶을 통제하는 강력한 도구였습니다.

사후세계에 대한 전통적 설명으로부터 등을 돌렸을 때, 과학이 명징하게 보여주는 설명이 마음속에 들어왔습니다. 과학이 보여주는 죽음에 대한 의미가 더욱 신선하게, 오히려 더욱 종교적으로 다가왔습니다. 최소한 인간이 '순환'의 한 부분임을 인정할 때, 좀 더 겸손하게 좀 더 진지하게 지구적 차원의 위기 극복을 위한 노력에 나설 수 있을 것 같았습니다.

그러나 앞에서도 지적했듯 과학적 세계관 안에서의 영생 논의는 지극히 '피상적'입니다. 여기에서 '심층적'인 의미를 찾을 수 있을까요? 나의 정체성에 관한 모든 것이 소각처리 되는 죽음으로부터 우리를 구해주는 무언가가 있을 수 있을까요? 영생에 대한 새로운 전망 말입니다. 이를 위해서는 재생과 순환에 의한 몸의 수평적 교체라는 '과학적 전망'을 넘어서야 하고, 또한 영육이원론의 틀에 갇힌 전통적 전망도 넘어서야 할 것입니다.

오! 그래도 우리는 믿습니다, 일말의 선이
아픔의 마지막 목적지가 되리라는 것을,
자연의 고통, 의지의 죄, 의심의 흠,
피의 흔적 같은 마지막 목적지가.
우리는 믿습니다. 신께서 건축을 마치시면,
아무것도 더 이상 목적 없이 방황하지 않고,
그 어떤 생명도 파괴되거나
쓰레기처럼 허공에 버려지지 않으리라는 것을.
우리는 믿습니다. 그 어떤 벌레도 헛되이 허물 벗지 않고,
그 어떤 나방도 헛된 욕망에서
불모의 불꽃에 타죽거나
남의 먹이가 되지 않으리라는 것을.

아! 우리는 아무것도 알지 못합니다.

나는 믿지 않을 수 없습니다. 선이 마침내,

언젠가는 마침내 모두에게 이루어지리라는 것을,

그리고 모든 겨울이 봄이 되리라는 것을.

이것이 내가 꾸는 꿈입니다.

하지만 나는 대체 무엇이란 말입니까?

나는 밤에 우는 아이,

빛을 찾으며 우는 아이,

울음이 아닌 다른 그 어떤 언어도 갖지 못한 아이입니다.

오! 덧없고 하찮은 삶이여!

오! 당신의 목소리가 주는 위안과 축복이여!

응답과 회복의 희망이 있습니까?

베일 너머에, 베일 너머에.

앨프리드 테니슨, 『인 메모리엄』, 이세순 역, (한빛문화, 2008.)

9

죽음, 그럼에도 불구하고

60대 초반의 그 남성 환자는 말기 위암으로 투병 중이었습니다. 암세포가 온몸에 퍼졌고, 폐로 침투한 암 덩어리들이 호흡 곤란을 유발하여 인공호흡기의 도움을 받지 않으면 생명을 유지할 수 없었습니다. 기관지 절개술을 통해 호흡을 유지하는 관이 기관지 안으로 연결되어 있었고, 인공호흡기는 적당한 압력을 유지하면서 쉴 새 없이 고농도의 산소를 공급했습니다.

부인되는 아주머니의 사랑이 참 애틋했습니다. 중환자실에 있는 남편을 면회하는 시간이면 두 분이 손을 꼭 잡고 눈빛으로 감정을 교환했습니다. 면회시간이 끝나가는 시간이면, 남편이 아내에게 함께 있어달라는 표정을 지었고, 아주머니는 가장 마지막까지 있다가 눈물을 흘리며 면회를 마치곤 했습니다. 더디지만 암은 진행되었고, 환자의 의식도 날이 갈수록 흐릿해졌습니다. 그렇게 중환자실에서의 시간이 한 달 이상 계속되었습니다. 그러던 어느 날 점심시간, 아주머니가 뜻밖에도 케이크를 들고 제 진료실에 찾아왔습니다.

"남편 생일이라, 축하 케이크를 가져왔어요."

"저에게 주시려고요?"

"예."

당황스럽더군요. 내 생일도 아닌 축하 케이크를 받는 것도 익숙지 않은 일인데다가, 저는 생일 맞은 환자의 임종을 예고해야 하는 입장이었습니다. 그러나 가족이 마음의 준비를 하고 마지막 순간을 함께 할 수 있도록 시간을 드리는 것은 의사의 의무였습니다.

"얼마 안 남으신 것 같습니다. 지금 중환자실로 올라가셔서 면회하시는 게 좋겠습니다. ……케이크 감사히 먹겠습니다."

생신을 축하드린다는 말이 목구멍까지 나오다가 막히고, 그 통에 어색하고도 무거운 침묵이 둘 사이에 짧게 흘렀습니다. 아주머니는 생각보다 차분한 모습이었어요. 소리 없는 눈물이 방울져서 뺨을 타고 흘렀지요.

"이미 알고 있는 일인걸요. 받아들여야죠. 그런데, 혈액투석으로도 도저히 안 되는 거지요?"

"예, 어떤 치료도 소용이 없는 상태입니다."

잠시 후 진료실 문을 열고 나가시며, 아주머니는 애써 미소로 인사를 건네었습니다. 잠시 후 중환자실에 올라가보았습니다. 거기에서도 생일 축하 파티가 열리고 있었습니다. 곧 임종을 앞둔 환자의 생일 케이크를, 아주머니가 병원 여러 곳에 돌리셨던 겁니다. 그러고 보니 문득 생각이 나더군요. 며칠 전부터 아주머니가 다그치듯 물어보았던 것입니다. 월요일까지 살아계실 수 있겠냐고. 그날까지 버티게 해줄 수는 없냐고. 그 이유를 그제야 알 것 같았습니다. 아주머니는 남편의 마지막(!) 생일을 축하해주고 싶었던 것입니다.

아주머니 역시 이별이 아팠지만, 감사하는 마음을 함께 가지고 있었습니다. 하나뿐인 생의 한 자락을 함께 거닐었던 반려자의 삶을, 그의 '있었음'을 감사하고 있었습니다. 영원한 이별 앞이지만, 유한했던 그리고 유일했던 그 사람의 삶에 기뻐하고 있었습니다. 그날은 그의 생일입니다. 이제 곧 죽는 그가 이 땅에서의 생을 시작한 날입니다. 그래서 기쁜 날입니다. 모두와 함께 축하하고, 그 마음을 나눌 수 있는 날입니다. 정성스럽게 준비된 파티가 끝나고, 남편은 아내가 보는 앞에서 조용히 숨을 거두었습니다.

죽음은 생물학적으로 본다면 삶의 출현과 함께 잉태된 필연성입니다. 죽음은 다세포 생명체의 존재론적 구조 속에 속해 있으며, 우리의 의식과 문화를 위한 가능성의 씨앗입니다.

그럼에도 죽음에 대한 우리의 관념은 그다지 관용적이지 못합니다. 대부분의 우리에게 죽음은 두렵고 슬픈 것이며, 생각하기조차 어려운 것입니다. 왜냐하면 죽음에 관한 우리의 이미지는 생물학적 지식을 토대 삼은 것이 아니기 때문입니다.

우리는 우리의 삶 속에 내재된 죽음을 직접적으로 볼 수 없습니다. 그것은 어디까지나 이웃의 죽음과 그것을 안타까워하는 이웃들의 감정을 경험함으로써 얻어집니다. 사랑하는 사람의 죽음을 통하여 비로소 우리는 죽음의 실재를 경험하는 것이지요.

경험적으로 볼 때 누군가의 죽음은 그 사람이 속한 세계가 함께 소멸되는 일입니다. 단 하나밖에 없는 내 가족 내 이웃이 속했던 친밀한 세계가 함께 없어지는 일입니다. 동시에 그가 더 이상 존재하지 않는 낯선 세계를 받아들이는 일입니다. 빈자리만큼의 외로움을 감당하는 일입니다. 인간은 누군가와 함께 살아갈 수밖에 없기에, 죽음이란 누군가에 대한 박탈과 결핍의 고통으로 우리에게 다가옵니다.

그러나 인간이 가지고 있는 죽음에 대한 의식은 이것을 초월하기도 합니다. 박탈과 결핍의 한을 넘어, 기뻐하고 감사할 수 있는 능력이 인간에게는 있습니다. 적어도 성장과정에서 자연스럽게 습득한 죽음에 대한 이해를 넘어설 능력이 있다고 생각합니다. 인간의 의식 중에는 사회 문화적 환경의 압력 속에서 얻어졌다고는 말할 수 없는 측면의 것이 있습니다. 하여 죽음에 대한 보다 원초적 인식이, 이미 우리 생명 안에 내재하여 있을지 모릅니다.

삶과 죽음이 본래 동전의 양면처럼 부여되었다는 것. 두 가지는 원래부터 반대가 아니라 하나였다는 것. 죽음 앞에서 삶을 찬양하는 사람들을 통해 우리는 그 진리를 알게 됩니다. 사랑하는 남편이 죽는 그 순간까지 그 사람의 삶에 기뻐하는 아주머니의 모습이 바로 그러했습니다.

그리고 한참이 지나서였습니다. 아주머니가 다시 진료실에 들렀습니다. 사람 얼굴을 잘 기억 못하는 편임에도, 단번에 그분을 알아봤습니다. 이번에는 케이크가 아니라 큼지막한 스티로폼 상자를 보자기에 싸서 오셨더군요.

"오늘이 그 양반 기일이잖아요. 생각나서 찾아왔어요."

그 얼굴은 더 밝아보였고, 그 목소리는 더 차분했습니다. 나 역시 무척 반가웠지만 내색을 하기가 그래서 점잖은 미소만을 머금고 있었지요. 아주머니는 고인의 삶과 성품에 대해 잠시 이야기했고, 나는 가만히 고개를 끄덕였습니다. 고인이 더 이상은 인공호흡기도 필요 없고 아프지도 않은 곳에 잘 계실 거라고, 우리는 대화 중에 동의하였습니다. 정말 그런 것 같다고 함께 느꼈습니다.

아주머니가 사 오신 한우세트를 구워 저녁 식탁을 마련했습니다. 아무것도 모르는 아이들이 참 맛있게도 먹더군요. 접시 위의 고깃점들이 사라져가는 만큼 아이들의 배는 부풀었습니다. 그 모습을 보며,

Contemplations on the Body
몸 묵상

이것도 고인으로부터 연유된 장면이겠구나 생각했습니다. 누군가 이런 이야기를 했지요. 아이들 보고 너무 예뻐하지 말라고. 그들은 우리를 대체하기 위해서 왔다고. 언젠가 저도 죽겠지요. 그래야 그 자리를 아이들이 살아가고 있겠지요. 죽음은 삶과 마찬가지로 자연스러운 일이겠군요.

빛과 노래

한 달 동안 병원에서
밤낮 노래를 들었다.
며칠 뒤에는 고든박골 햇빛 환한 침대에 누워
새소리 바람소리를 듣겠지.

아, 내가 멀지 않아 돌아갈 내 본향
아버지 어머니가 기다리는 곳
내 어릴 적 동무들 자라나서 사귄 벗들
모두모두 기다리는 그곳
빛과 노래 가득한 그곳.
어느새 반쯤은 그곳에 온 듯싶어

이제 나는 가네 빛을 보고 노래에 실려

이오덕, 유고시(미발표)

Body,
생물학적 지혜

2

10

유일한 몸

집에 하얀 햄스터 두 마리가 있었습니다. 그중 한 마리가 더위를 먹었는지 감기에 걸렸는지 기운 없이 자는 시간만 길어졌습니다. 딸 혜준이가 그 '하늘이'를 품고는 귤즙을 먹이고 해바라기씨를 입에 물려주는 등 정성으로 돌보더군요. 그러기를 며칠, 결국 하늘이는 웅크린 채로 잠에서 깨어나지 못했습니다. 차가운 땅에 하늘이를 묻고 온 것이 서럽고 슬펐던지, 혜준이의 눈물샘은 한 시간이 지나도록 멈추지 않았습니다.

"울지 마. '하양이'가 있잖아."

달래 봐도 소용없었어요. 마트에서 똑같은 햄스터를 사준다고 해도 혜준이의 슬픔은 가시지 않았습니다. 하양이는 가끔 손을 깨물 정도로 사나웠고, 마트에 있는 다른 햄스터가 정들었던 하늘이를 대신할 수는 없었던 것이죠. 세상에 해바라기씨를 좋아하는 그 많은 설치류들 중에 '하늘이'는 하나뿐이었으니까요. 하늘이가 묻힌 곳에는 2012년 3월 18일이라고 적힌 작은 플라스틱 비석이 세워졌습니다. 하늘이와 함께한, 다시는 반복될 수 없는 시간을 기억하는 숫자입니다.

겉보기엔 똑같은 햄스터도 길러보면 기질이란 게 있더군요. 하늘이와 하양이는 일란성 쌍둥이처럼 똑같이 생겼지만 각각의 행동패턴은 10분만 관찰해도 구별할 수 있었습니다. 다르니까 이름을 붙일 수 있었고, 그렇게 한 마리의 햄스터는 세상 가장 특별하고 소중한 존재로 아이들의 마음에 각인되었습니다. 세상에 단 하나밖에 없다는, 어느 것으로도 대체할 수 없다는 것에서 온 각별함일 것입니다.

그리고 이것은 우리가 누군가를 사랑할 때 일반적으로 전제하는 사실입니다. 사람은 성격과 행동패턴, 인격이 저마다 유일하다는 것을 누구나 인정합니다. 자궁 속에서 시작된 인간은 고유한 방식으로 세상을 경험하며 자신을 형성합니다. 엄마 아빠로부터 반반씩 섞인 유전자의 염기서열부터 유일하다고 할 수 있으며, 그렇게 타고난 기질은 저마다의 성장배경과 독특한 방식으로 교류하면서 자신만의 자아를 형성합니다.

햄스터처럼 작은 동물들 역시, 사람만큼은 아니겠지만, 유일한 개성을 가지고 있음을 우리는 믿습니다. 유일한 유전자와 독특한 환경이 상호 경험을 통해 유일한 신경계를 형성한다는 것이지요. 사람과 마찬가지로 햄스터도 한 마리 한 마리가 유일하기에 이름을 붙일 수 있었고, 사랑할 수 있었습니다.

그렇다면 유전자와 환경이 매우 동일한 집단의 경우는 어떨까요? 한 무리의 생명체들이 동일한 유전자를 가지고 있으며 환경마저도 동일하다면, 그들의 자아는 독특한 개성을 가지지 못할까요? 심지어 그들이 '두뇌'라는 조밀하게 집중된 신경세포 덩어리를 가지고 있지 않은 세균이라면?

'유일성'을 생명의 특성이라고 설명하려는 이 마당에, 가장 '유일해보이지 않는 생명체'를 예로 들어보려고 합니다. 바로 대장균입니다.

여름철 식중독의 원인균이자 여행자들의 설사를 유발하는 범인으로 지목되어 종종 미디어에 오르내리는 대장균. 병원에 구비된 안내 책자를 보면 뿔 달린 헤어밴드를 하고 악마의 꼬리를 늘어뜨린 대장균이 날선 창을 쳐든 모습으로 등장합니다. 이처럼 대장균은 혐오와 공포의 이미지가 겹쳐진 주홍글씨를 가슴에 단 채 살아가고 있습니다. 몇 년 전에는 세균을 잡기 위해 살균가습기까지 등장하는 일이 있었습니다. 공기 중에 살균제를 살포하여 균이란 균은 모두 살처분한다는 용감한 발상은, 불행히도 상세불명의 간질성 폐질환으로 인해 여러 사람들이 목숨을 잃는 사태로 이어졌지요. 애석하게도 대장균을 포함한 세균은 21세기 위생의 시대에 혐오의 대상으로 전락해버린 모양입니다.

생명의 지혜를 논하는 2부의 첫 페이지부터 대장균이 등장한다는 게, 이쯤 되면 이상하게 느껴질 수도 있겠습니다. 우선은 그 오해를 푸는 게 순서일 것 같습니다.

대장균은 사람 대장 속에서 적게는 수십조 개 많게는 100조 개까지 삽니다. 대장에서 먹고 자고 번식하고, 온혈동물인 인간이 만들어놓은 36.5도의 온열장판 위에서 위장의 연동운동이 가져다주는 맛난 음식들을 끝도 없이 해치우면서 호강하는 녀석들이죠. 그렇다고 공짜로 빌어먹기만 하는 것은 아닙니다. 이 작은 미생물들이 없으면 사람은 밥 한 끼도 소화를 못 시킵니다. 대장균이 한두 번 씹고 소화시켜야 사람의 대장상피세포가 그것을 흡수할 수 있는 때문입니다. 대장균은 섬유소를 분해하고 우리 몸에 꼭 필요한 비타민을 합성합니다. 사람과 대장균은 은밀한 공생관계에 있는 셈입니다. 사람 뱃속뿐이 아닙니다. 대장균은 지구상 모든 온혈동물의 창자 속에, 강과 호수 속에, 숲과 뒷마당에서 환경과 공생하며 자연의 운행에 기여하는 것입니다.

똥 1g에는 수천 억 마리의 대장균이 우글거립니다. 참 작고 하찮은 존재들 같지요. 더 정확하게 말해서 '똑같이 생긴 것들이 너무 많'

은 존재들입니다. 더군다나 10억 개에 이르는 한 무리의 대장균은 유전적으로 동일합니다. 그들이 만들어내는 단백질이 모두 동일하다는 의미입니다. 그들의 경험이란 것 역시 사람의 대장처럼 협소한 구역 동일한 환경에서 이루어집니다. 이러한 환경적 유전적 동일함으로 인해 대장균에게까지 '유일성'을 부여하기는 어렵겠다는 생각이 자연스럽게 드네요.

그러나 과학자들의 연구결과는 예상과 달랐습니다. 일란성 쌍둥이 같은 미생물들이 성격도 기질도 똑같을 것이라 생각했는데 그렇지 않았던 것입니다. 하나하나가 고유한 개성이 있었고 자기만의 스타일이 있었습니다. 표면에 털을 만드는 스타일이 달랐고, 유당을 좋아하는 정도도 달랐으며, 먹이에 접근하는 속도도 달랐습니다. 적어도 실험실에서 과학자들이 목격한 대장균들은 그러했습니다. 과학 저술가 칼 짐머는, 심지어 그들이 그들 나름대로의 지문을 가지고 있다고 말합니다.

"대장균은 사육되지 않는 완전한 자연의 산물이다. 하나의 조상으로부터 상속된 하나의 군체는 유전적으로 동일한 10억 마리의 사본일 뿐이며 그것들의 행동은 동일한 유전 회로를 통해 이루어진다. 결국 대장균은 하나의 세포일 뿐이다. 수년 동안에 걸쳐 성장하는 1조 개 세포로 이루어진 몸이 아니다. 대장균은 학교에서 교육을 받지도 않고 쓰레기더미 속에서 먹이를 찾지도 않는다. 저녁식사로 달

팽이 요리가 어떨지 생각하지도 않는다. 대장균은 단지 분자 주머니일 뿐이다. 유전적으로 다른 대장균과 동일하며 따라서 두 마리 대장균은 동일한 삶을 살 것이다……. 위 이야기는 모두 그럴듯해 보이지만 사실과는 거리가 멀다. 유전적으로 동일한 대장균 군체는 사실상 개체들로 이루어진 집단이다. 동일한 조건 하에서도 그들은 다른 방식으로 행동한다. 게다가 그들은 나름대로 지문도 갖고 있다."[9]

과학자들은 "단지 4000개의 유전자를 지닌 대장균 정도라면 그들의 활동을 예측할 수 있을 것"이라고 생각했습니다. 그러나 연구 결과는 예상 밖. 대장균의 활동을 예측하는 것은 결국 불가능했습니다. 설명할 수 없는 불규칙성과 복잡성에서 기인하는 개성 때문이었죠.

유전적으로 동일한 대장균에게 각기 다른 개성이 있음을 밝혀낸 실험들은 참 감동적입니다. 개성, 즉 유일함이란 생명의 가치를 드러내는 가장 극적인 증거지요. 세상에서 '단 하나뿐인 존재'에는 어떤 가격도 수치도 매기기 힘든 가치가 있습니다. 대장균도 유일한 존재일진대, 세상의 모든 생명체들이 모두 유일함을 지녔을 것이라는 가정은 사실 아닐까요?

유일성은 생명체의 본질이 아닌가 합니다. 거의 똑같이 생긴 햄스터들도 며칠만 들여다보면 저마다 독특한 개성이 있음을 알 수 있

---

9 칼 짐머, 『마이크로코즘』, 전광수 역, (21세기북스, 2010).

습니다. 세상에서 가장 단순한 생명체인 세균도 개성이 있다고 합니다. 그러니 세균보다 수만 배 큰 진핵세포 수십조 개로 이루어진 사람의 몸은 얼마나 개성이 뚜렷하겠습니까?

하나의 생명체는 우리가 아는 한 우주 역사에 단 하나밖에 없는 것입니다. 아흔아홉 마리의 양을 두고서라도 잃어버린 양 한 마리를 찾아나서는 목자의 마음이 그러했을 것입니다. 유일하기에 어느 하나도 버릴 것 없이 소중합니다.

> 너희는 이 보잘것없는 사람들 가운데 누구 하나라도 업신여기는 일이 없도록 조심하여라.
>
> [마태복음 18:10]

통하는 몸

　우리 몸은 소통하는 구조, 바로 관管으로 되어 있습니다. 관이란 가운데가 비어서 뭔가가 지나갈 수 있는 구조를 일컫습니다. 이러한 관 구조가 우리 몸속에는 여러 개 있어서 생명 활동의 중추적인 역할을 하고 있습니다.

　먼저 소화관을 보겠습니다. 첫 번째 그림은 입에서 목구멍을 지나 항문까지 연결된 관입니다. 처음부터 끝까지가 하나의 기다란 관으로 되어 있습니다. '밥'이 지나가는 길이지요. 우리가 먹는 '밥'은 이 관을 통하며 잘게 분해되어 영양분은 몸 안으로 흡수되고 나머지는 항문 밖으로 배설됩니다.

　또 하나의 구조는 호흡기관입니다. 대기가 통하는 길이죠. 대기

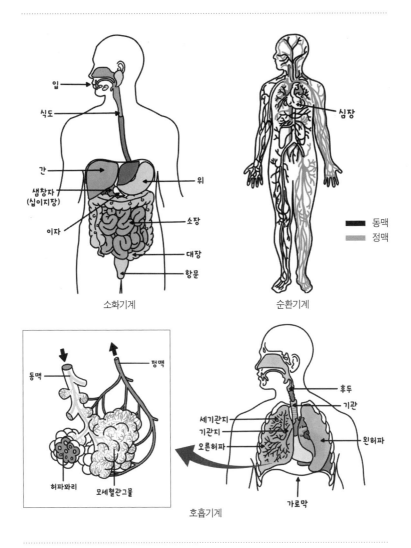

소화기계

순환기계

■ 동맥
■ 정맥

호흡기계

그림 2-1

는 콧구멍을 통해 몸 안으로 들어와 기관지라는 하나의 통구조로 들어가고 그것들이 가지가지 분지되어 3억 개나 되는 폐포로 이어집니다. 소화관과 달리 호흡기관은 숨길의 종착역인 폐포에서는 길이 막힌 것처럼 보입니다. 그러나 사실은 그와 다릅니다. 폐포까지 다다른 대기는 몸 안으로 들어가기 위해 다른 관으로 옮겨 탑니다. 바로 혈관입니다.

대기 성분은 혈관을 타고 몸의 구석구석까지, 세포 하나하나에까지 이르게 됩니다. 특히 중요한 것은 대기 중의 산소죠. 산소는 폐에서 혈관 안을 떠도는 적혈구 속 혈색소라는 단백질에 올라타서 세포까지 운반되는데, 바로 여기서 '밥'을 만납니다. 소화관을 통해 흡수되어 마찬가지로 혈관을 타고 세포까지 운반된 '밥'과 조우하는 것입니다. 혈관은 호흡기관과 소화기관을 연결하는 통로이자 운반로입니다.

호흡기관은 '하늘의 것'인 대기와 소통하고, 소화관은 '땅의 것'인 밥과 소통하고, 혈관은 궁극적 생명 단위인 세포 안에서 하늘과 땅이 만나도록 소통시켜주는 것입니다. 소통, 오고감, 드나듦을 통해 유기체는 엔트로피의 법칙을 벗어납니다. 풍화되지 않고 녹슬지 않으며 성장합니다.

소통의 중요성은 몇몇 장기의 표면적을 비교해 봐도 잘 알 수 있습니다. 우리 몸에서 가장 큰 장기는 몸 전체를 둘러싸고 있는 피부인데, 그 표면적은 성인의 경우 2m² 정도 됩니다. 호흡기관은 어떨까요. 들어가는 숨길은 하나지만 폐포가 3억 개나 되니 표면적이 꽤 넓은 편입니다. 호흡기관의 표면적은 80m²로 피부의 40배나 됩니다. 소화관 역시 엄청납니다. 미세한 주름점막으로 이루어진 소화관의 표면적은 400m². 테니스 코트 두 개 면적이니 피부와는 비교가 되지 않습니다.

피부는 나와 남을 구분해주는 기관이지요. 반면에 소화관이나 호흡기관은 나와 남을 소통하게 해주는 기관입니다. 표면적의 차이만 보더라도 그 중요성을 알 수 있습니다. 우리 몸에서 '구별'보다는 '소통'이 훨씬 더 중요합니다.

태아의 초음파 사진을 보면, 아가가 엄지손가락 빠는 모습을 발견할 수 있습니다. 거기에 있는 구멍을 아기가 안다는 겁니다. 뱃속에서 나온 아기는 '으앙!' 힘차게 울면서 호흡기관을 완성합니다. 관이 열려 그리로 뭔가가 통한다는 것이 몸의 시작입니다. 반대로 숨이 멎고 대기가 통하지 않거나, 심장마비로 혈관이 통하지 않게 되면 죽는 겁니다. 중환자실에서는 환자가 죽지 않도록 관을 연결합니다. 혈관주사로 혈관을 통하게 하고, 인공호흡기로 숨 쉬는 관을 유지시키고, 라빈튜브를 위장으로 밀어 넣어 소화관을 유지시킵니다.

복잡한 인간뿐 아니라 자연계의 모든 동물이 이러한 구조를 가지고 있습니다. 가장 단순한 편인 해면동물을 봅시다. 이들은 몸 가운데 중심강Central cavity이 있고 끝에 물이 나가는 대공osculum이 있어요. 밑이 뚫린 꽃병 모양을 상상하면 됩니다. 꽃병에 물을 주듯, 해면은 끊임없이 몸 전체로 해수를 걸러냅니다. 게다가 기능도 명쾌합니다. 하나의 관으로 소화관과 호흡기관의 역할을 모두 수행하니까요. 말미잘처럼 좀 더 복잡한 동물들은 여기에 소화를 목적으로 함입된 소화관을 가지게 됩니다. 호흡관을 효율적으로 만들어서 작은 크기로 집중시킨 것이 아가미입니다. 게나 물고기는 아가미(호흡관)가 있어서, 해면이 온몸으로 가스 교환을 하던 것을 아가미라는 특화된 작은 신체조직으로 수행하게 됩니다.

지구상에 가장 많은 개체수를 가지고 있는 곤충 역시 관이 있습니다. 작아서 잘 안 보이긴 합니다만 기문Spiracle이라는 구멍이 몸에 존재합니다. 이 구멍이 관으로 이어져 몸 구석구석까지 뻗어 있으며, 소화관도 별도로 존재합니다.

식물도 기공이라고 하는 관을 가지고 있죠. 기공을 통해서 산소와 이산화탄소 등의 대기가스가 드나듭니다. 기공을 통해서 들어온 탄소는 뿌리로부터 물관을 통해 이동한 물, 대기권을 뚫고 진입하는 햇볕과 버무려져 당으로 변합니다. 생태계의 가장 밑바닥을 지탱하는 녹색식물의 광합성을 위해서도 역시 관 구조의 몸이 필요한 것이지요.

소통은 몸의 본질이며 우선이라는 것입니다. 몸이 있어서 통하는 것이 아니라, 통합을 통해서 몸이 형성되고 있습니다. 하늘의 것들과 땅의 것들이 소통함으로써 몸은 탄생했고 지금도 유지되고 있습니다. 그래서 모든 생명은 천지간天地間 존재입니다.

숨 쉬는 몸

전자제품은 플러그가 콘센트에 꽂혀 있어야 작동하고, 얇은 시계침도 배터리가 있어야 돌아갑니다. 마찬가지로 '몸'이라는 복잡한 구조물이 정교하게 살아 움직이려면 어떤 형태로든 풍부한 에너지가 공급되어야 합니다. 인간 역시 배터리 공급이 없다면 언제 멈춰버릴지 모르는 시계와 같은 존재입니다. 몸에 필요한 에너지를 우리는 음식을 통해 섭취합니다. 그런데 음식물 자체는 절대로 몸의 에너지 단위가 될 수 없습니다. 음식이 가지고 있는 화학적 결합 에너지를 몸에서 사용할 수 있는 에너지 통화로 바꾸는 과정이 필요합니다.

우리 몸의 에너지는 어떻게 형성될까요? 우리가 먹는 삼시 세끼가 어떻게 생명의 에너지로 바뀔까요?

관의 형태로 이루어진 몸을 통해 밥과 숨은 몸 안으로 들어옵니다. 들어오는 방식은 사뭇 다르지만 종착지는 같습니다. 하늘의 것인 대기와 땅의 것인 밥은 몸에 들어온 뒤 궁극적으로 세포 안에서 만납니다. 모두가 혈관을 타고 세포 안에 존재하는 세포소기관인 미토콘드리아로 향합니다. 그 은밀하고도 분주한 만남의 현장을 개략적으로 살펴보겠습니다. 지금 우리가 보고 있는 종이가 세포 안이라고 생각하세요. 실제로는 총알 같은 미시적 움직임들을 슬로우 모션으로 본다고 상상합시다.

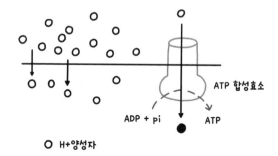

그림 2-2

그림 2-2의 중앙에 지평선 하나가 그려져 있습니다. 땅의 것과 하늘의 것이 만나는 곳이니 지평선이라 이름 붙여도 되겠지요. 지평선을 경계로 작은 알갱이들이 불규칙하게 흩어져 있군요. 그림 속 경계를 사이에 두고 위쪽의 알갱이들이 아래보다는 조밀하게 분포되어 있습니다. 바로 이것이 생명현상의 기본적인 토대입니다. 사람처럼 진핵세포로 이루어진 다세포 동물에 있어서 그림의 지평선은 미토콘드리아의 내막Inner Membrane이 됩니다. 그리고 알갱이들은 양성자가 됩니다. 그렇다면 여기서 어떻게 에너지가 만들어지는 것일까요.

양성자는 +전하를 가지므로 양성자의 농도 차이는 막을 경계로 전위차를 만듭니다. 동시에 양성자의 농도 차이(pH의 차이)를 만듭니다. 전위차와 pH의 차이가 결합된 힘을 '양성자 동력'이라고 합니다. 동력이 생긴 양성자는 움직이려고 하겠지요. 농도가 높은 곳에서 낮은 곳으로, 전위차를 줄이는 방향으로 이동하려는 겁니다. 수력발전소에서는 높은 곳의 물이 아래로 흐르려는 에너지를 이용하지요. 이동하는 물의 흐름과 터빈을 사용해서 에너지를 얻듯, 우리 몸도 이 양성자의 흐름을 통해 에너지를 얻습니다. 수력발전소의 터빈 역할을 하는 것이 미토콘드리아 내막의 ATP 합성효소라는 단백질입니다. 여기에도 터빈처럼 360도 회전하는 회전자가 있습니다. 양성자가 이 효소를 통과할 때, 회전자가 돌면서 생명체가 사용할 수 있는 에너지 통화인 ATPAdenosine triphosphate(아데노신 삼인산)가 형성됩니다.

상식적으로 생각했을 때 양성자 동력은 얼마간의 ATP를 형성한 후 소멸될 것입니다. 막을 사이에 둔 양성자의 농도차가 없어지며 양성자의 흐름도 정지할 것이고 ATP 생성도 멈추게 될 것입니다. 높은 곳에 있는 물이 모두 아래로 떨어지면 더 이상 수력발전소를 가동할 수 없죠. 그런데 몸이라는 구조물은 ATP 없이 가동되질 않지요. 살아 있기 위해서는 어떻게 해서든 양성자 동력을 유지시켜야 합니다.

이를 위해 생명체가 고안해낸 것이 펌프입니다. 양수기로 물을 끌어올리듯 양성자를 다시 위로 퍼내는 거지요. 그렇게 하면 에너지를 만들 수 있는 양성자 동력이 유지될 겁니다. ATP의 생성을 위해서는 약 150mV의 전압차가 존재해야 합니다. 그림 2-3에서 보듯 내막에는 3개의 단백질 복합체(복합제 I, III, IV)가 박혀 있습니다. 이들이 양성자를 외부로 수송하는 역할을 합니다.

펌프 역시 공짜로 일을 하지는 않습니다. 단백질 복합체들은 양성자를 펌프질할 에너지를 얻기 위해 전자를 사용합니다. 그림 2-4에서는 펌프를 운전하기 위해 필요한 에너지원과 그 과정 모두를 보여주고 있습니다. 그림과 같이 전자들이 복합체 I에서 III을 거쳐 IV로 전달되는 과정인데, 자세한 과정은 생략하겠습니다. 어쨌거나 전자는 그림과 같이 이동하면서 자신의 에너지를 복합체에게 건네주

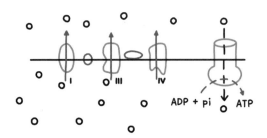

그림 2-3

고 그 과정에서 양성자는 막 너머로 수송됩니다.

간략하게 기술한 이 현상이 생명 세계의 가장 기본적인 에너지 형성 방법입니다. 지구상의 모든 생명체가 에너지를 형성하기 위해 이 방법을 사용합니다. 동물뿐 아니라 식물의 광합성도, 눈에 보이지 않는 미생물들도 바로 이 방법을 사용합니다.

몸이라는 구조물을 살아 움직이게 하는 에너지가 어떻게 형성되느냐 하는 질문 덕분에 여기까지 왔네요. 요약하면 몸의 에너지는 ATP이며, ATP를 형성하기 위해서는 양성자 동력이 필요하며, 양성자 동력을 유지시키기 위해서는 전자가 필요하다고 했습니다.

그리고 다음 질문이 중요합니다. 전자는 어디로부터 오는가? 바로 이것이 우리가 먹는 것에 대한 근본적인 이유입니다.

전자는 밥으로부터 옵니다. 밥은 세밀하고 정교하게 단당류로 다듬어져 세포에 들어오고, 여기서 다시 더 잘게 분해되어 양성자와 전자로 미토콘드리아 안에 들어옵니다. 그렇게 만들어진 전자는 미토콘드리아 내막의 단백질 복합체를 거치며 양성자를 수송하는 에너지원으로 사용됩니다. 이것이 삼시 세끼가 에너지원으로 바뀌는 과정입니다. 이것이 우리가 밥을 먹는 이유에 대한 분자생물학적 대답입니다.

이 과정에서 중요한 것이 한 가지 생략되어 있습니다. 밥만 먹어서는 에너지를 형성할 수 없다는 사실이죠. 밥을 먹으며 함께 숨을 쉬어야 합니다. 양성자의 농도 차이를 유지시키기 위해, 전자를 사용해 펌프를 돌린다고 했습니다. 여기서 쓰고 남은 전자들을 처리하는 과정이 매우 중요합니다. 마지막 결과물이 쓰고 남은 채로 방치된다면 전체 과정이 멈추게 되니까요.

이 전자를 처리하는 분자가 바로 산소(O)입니다. 산소는 전자 두 개와 양성자 두 개를 데리고서 H_2O, 물이 됩니다. 물은 안전하고도 유일한 생명의 용매입니다. 물속에서 갖가지 분자와 원자들이 활동할 수 있으며, 또한 물은 소변과 땀으로 배출될 수 있습니다. 전자를 무해하면서도 배출이 용이한 물로 바꿔주는 분자인 산소 역시 에너지 형성과정에 필수적입니다.

산소는 어디서 올까요? 대기 중에 20%의 농도로 존재하는 산소는 코와 기관지를 통해 연결된 호흡기관을 통해 몸의 내부로 들어옵니다. 숨 쉬는 행위를 통해 몸 안으로 들어와서 미토콘드리아의 내막까지 운반되는 것입니다. 결론적으로 말씀드려 전자는 밥으로부터 와서 숨으로 거두어집니다. 이것을 위해 밥glucose과 숨(O_2)은 하늘과 땅으로부터 몸 안으로 들어오는 길고도 복잡한 여행을 합니다.

궁극적으로 우리가 먹고 숨 쉬는 이유는 생명의 에너지 통화인 ATP를 만들어내기 위함입니다. 이 과정에 산소가 반드시 필요하며, 세포 내에서 에너지를 얻는 이러한 과정을 세포호흡Cellular respiration이라고 합니다.

땅에서 나온 영양분을 하늘에서 나온 대기로 태워서 에너지를 얻습니다. 이 과정에서 전해지는 은밀한 속삭임이 있습니다. 숨 쉬고 먹어라. 이 속삭임에 충실하게 대답하기 위해 우리의 몸은 관의 형태로 존재하는지 모르겠습니다.

미토콘드리아 내막의 밥과 숨이 만나는 작고 은밀한 공간을, 저는 '몸의 지성소'라고 부르고 싶습니다. 생명의 가장 원초적이고 은밀한 욕망, '숨 쉬고 싶으며 먹고 싶은 마음'이 여기서 시작되는 때문입니다. '나'라는 자아의식이 먼저 있어서 숨 쉬려고 먹으려고 하는 것 같지만, 그건 순서가 뒤바뀐 생각입니다.

'숨 쉬고 먹어라'라는 명령이 먼저 있고 나서 내가 생겨났습니다.

엄마 뱃속의 자아의식 없는 아가들도 호흡을 한다는 것이 그것을 증명합니다. 호흡은 인간의 의지에서 비롯된 것이 아닙니다. '몸의 지성소'로 전해주시는 창조주의 은밀한 속삭임입니다. 내가 숨 쉬고 싶은 게 아니라, 하늘과 땅을 주시고 숨도 주셔서 '나'가 있는 겁니다. 항상 그럴 수는 없겠지만, 가끔은 시간 내어 호흡 속 속삭임에 귀를 기울여보세요. 놀라운 일이 일어날 수도 있으니까요.

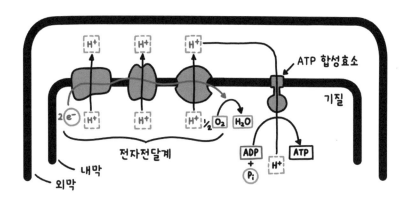

＊Alberts, 『필수 세포생물학』, 박상대 역(교보문고, 2010) 참고.

그림 2-4

그림 2-4는 미토콘드리아 내막입니다. 미토콘드리아 내막을 경계로 150mV의 전압이 유지된다고 했습니다. 5nm인 내막의 두께가 1미터가 되면, 150mV는 3000만 V의 전압에 해당할 겁니다. 번개의 전압과 비슷한 엄청난 에너지입니다. 하늘과 땅이 만나는 지평선의 경계에 3000만 V의 번개가 치는 장면을 상상해봅시다. 이런 스펙터클한 장면을, 우리는 먹고 숨 쉬면서 매순간 만들어내고 있습니다.

13

흐르는 몸

군의관으로 발령 받은 후, 3개월 정도 가족들과 떨어져서 혼자 지낸 적이 있습니다. 혼자 있어본 적이 별로 없는 저로서는 정말이지 견디기 힘든 생활이더군요. 오후 5시 반부터 저녁 10시 또는 11시, 잠들기 전까지의 외로움이란 고행 그 자체였습니다. 사람은 역시 사회적 동물이란 사실을 절실히 깨달았습니다. 누군가 옆에 없는 시간이 이리도 무료하다니.

방에는 작은 책상과 노트북, 이불과 전기장판, 라면을 끓여 먹을 수 있을 정도의 식기가 전부였습니다. '혼자 살기'는 외롭고 쓸쓸한 감정 말고도 다른 낯선 것을 경험하게 해주었습니다. 그것은 방구석과 문간 주위에 유별나게 쌓이는, 2~3일만 그냥 두면 지들끼리 뭉쳐서 날아다니는 먼지 덩어리들이었습니다.

마치 번식 능력을 과시하듯, 그들은 시간에 비례해서 몸짓을 키우고 자식 같은 먼지 덩어리들을 늘려가더군요. 머리칼은 절묘하게 먼지 덩어리와 어울렸는데, 느슨한 형태나마 콘크리트 구조물의 철근처럼 부피를 유지시키고 안정감을 주는 역할을 했습니다. 무엇보다도 누런 장판 위에 흩어진 곱슬곱슬한(제 머리칼은 반 곱슬입니다) 머리칼은 매번 청소에의 욕구를 강렬하게 불러일으켰습니다. 물티슈를 꺼내 바람의 속도로 방바닥을 훔쳤는데, 한 장이면 충분했습니다.

물티슈가 까매질 정도로 방바닥을 닦고 나면 하루 정도는 깨끗한 상태가 지속되지만 역시 시간은 원치 않는 먼지 손님들을 모셔왔습니다. 혼자 살았고 창문도 꼭꼭 닫혀 있었습니다. 그 손님은 온전히 제 몸으로부터 나온 것들이었습니다. 회색빛깔의 먼지들은 대부분 피부에서 떨어져 나온 각질세포였습니다. 혼자 지내는 것이 처음이었고, 떨어져나가는 피부세포들의 실체를 경험하는 것도 처음이었습니다. 적지 않은 그들의 부피는 볼 때마다 놀라웠습니다.

이렇게 각질들이 떨어지다니 내 몸이 닳아 없어지는 것 아닐까. 그런 걱정은 하지 않았습니다. 끊임없이 죽어가는 세포 수만큼 새로운 세포들이 만들어진다는 것을 잘 알고 있었으니까요.

방바닥에 뒹구는 회색의 피부세포들뿐이 아닙니다. 대장의 상피

세포, 혈액 속의 혈구세포, 발톱이며 손톱까지, 몸을 이루는 세포들은 계속해서 떨어져나가고 재생됩니다. 초당 십만 개의 세포가 죽어가고 새로 생겨나는 것입니다.

피부처럼 소멸과 재생의 순환이 빠른 부분도 있고, 상대적으로 순환의 속도가 매우 느려 정지된 것처럼 보이는 부분도 있습니다. 우리 몸 깊숙한 곳, 예를 들면 근육이라든가 심장이나 간 같은 고형장기들은 죽음과 재생의 과정에서 비껴 있는 것으로 여겨집니다. 아침마다 쓸어내는 먼지들 속에 간과 심장의 일부가 들어 있다고 생각하기는 어려운 일이지요. 나아가 기억을 담당하는 뇌세포가 소멸하고 재생되는 과정에 있다면, 맙소사! 기억의 일부가 함께 잘려나갈 수도 있지 않을까?

그리하여 방바닥에 뒹구는 먼지들을 볼 때마다, 그것들이 그저 발뒤꿈치와 비듬과 종아리에서 나온 죽은 살점들이라 생각하고 싶어집니다. 우리 몸이 끊임없이 소멸과 재생을 반복하지만 그것은 피부나 머리칼 등 한정된 장소에 국한될 뿐, 주요 조직을 형성하는 세포들은 죽지 않는다고 믿고 싶어집니다.

그런데 사실은 그와 다르다는 점입니다. 과학자들이 밝혀낸 바에 의하면, 피부와 머리칼뿐 아니라 각종 장기와 심지어 두개골 속의 뇌세포까지도 소멸과 생성의 과정을 겪는다고 합니다. 때로 과학은 원치 않는, 또는 믿고 싶지 않은 사실들을 믿으라고 강요하기도 하지요. 일본 분자생물학자인 후쿠오카 신이치는 『생물과 무생물 사이』에서 '생명을 바라보는 하나의 혁명적인 관점'을 제공한 어떤 실험을 소개합니다.

"1930년대 미국 록펠러 대학의 분자생물학자 루돌프 쇤하이머 (1898~1941)가 지금으로부터 80년 전에 했던 실험이다. 우리 몸이 음식을 연소함으로써 에너지를 얻는다는 것은 당시에도 상식이었다. 음식물이 가지고 있는 화학적 결합에너지는 궁극적으로 미토콘드리아 내막에서 에너지로 전환되고, 이 과정에서 대기 중의 산소가 쓰이게 된다. 쇤하이머는 이것을 확인하기 위해서 쥐에게 특별한 음식을 먹였다. 음식에다가 동위체를 붙였는데, 이것은 쥐가 먹은 음식이 어디에 있는지를 알 수 있는 표식이었다. 표식 아미노산이 몸속에서 어떻게 되었나를 알아보려는 것이었다. 쇤하이머는 음식이 몸에서 연소되면서 에너지를 만든 후 배설과 호흡의 형태로 몸 밖으로 배출될 것이라 예상했다. 그런데 결과는 뜻밖이었다. 표식 아미노산은 순식간에 쥐의 온몸으로 퍼졌고 그 절반 이상이 뇌, 근육, 소화관, 간장, 췌장, 비장, 혈액 등 모든 장기와 조직을 구성하는 단백질의 일부로 되어 있었던 것이다. 그리고 사흘 동안 쥐의 몸무게는 전혀 늘지 않았다. 분자를 돌멩이에 비교한다면, 굴러온 돌이 순식간에 박힌 돌을 대체해버린 것이다. 우리 몸은 세포 단위에서 분열함으로써 죽은 세포를 새로운 세포가 대체하기도 하고, 굳이 세포 자체가 사멸하는 과정이 없이도 세포를 이루는 구조물을 분자 차원에서 대체하기도 한다. 우리 몸을 구성하고 있는 분자는 조립식 장난감 같은 정적인 부품이 아니라, 끊임없는 소멸과 생성이라는 활력 안에 있다는 대발견이 이루어진 것이다."[10]

당시 이 실험은 생명을 바라보는 혁명적 관점을 제공했습니다. 실험 결과는 우리 몸 전체가 소멸과 생성의 과정에 놓여 있다는 증거였습니다. 회색 먼지가 되어 물티슈에 쓸려가는 각질세포들은 빙산의 일각이었습니다.

우리가 먹은 것들은 분자 차원에서 우리 몸을 대체합니다. 우리 몸이 '하늘의 것들'과 '땅의 것들'을 매개함으로써 유지되는 천지간 존재라고 했었죠? 사실 이 말도 정확하지 않습니다. '매개한다'고 하려면 그 주체가 필요한데, 예의 주체가 계속 변하기 때문입니다.

우리의 몸이란, 주변 환경을 이루고 있는 분자들이 끊임없이 관통하면서 일시적으로 만들어내는 형태입니다. 외계와 격리된 실체로서 존재하는 육신이 아니라는 것입니다. 몸이라는 고정된 실체는 없어요. 우리 몸은 지금 여기를 흐르는 자연의 일부입니다.

의식을 만들어내는 뇌조차도 그렇습니다. 어제의 나를 기억한다고 해서 뇌라는 물질 역시 어제의 그것이라고 생각해서는 안 됩니다.

---

10 후쿠오카 신이치, 『생물과 무생물 사이』, 김소연 역, (은행나무, 2008).

뇌를 이루는 원자들 역시 오래가지 않아 다른 원자들로 대체됩니다. 기억은 변하지 않지만 기억을 만들어내는 물질들은 계속 변하는 것입니다. '기억'이라는 뇌의 능력에 대해 리처드 파인만은 재치 있는 표현을 했습니다.

"뇌 속의 원자가 다른 원자로 교체되는 데 시간이 얼마나 걸리는지 알았다는 의미는 이렇다. '내가 개성이라고 부르는 것은 단지 어떤 패턴 혹은 춤일 뿐이다.' 원자들은 나의 뇌 속에 들어와서, 한바탕 춤을 추고 나간다. 언제나 새로운 원자가 들어오지만 언제나 똑같은 춤을 춘다. 어제의 춤을 기억하면서."[11]

생명은 흘러가는 강물 같은 흐름 가운데 있습니다. 분자 단위에서 보면, 생명은 환경을 이루는 분자들이 고밀도로 잠시 머무르는 상태입니다. 후쿠오카 신이치의 표현대로 생명은 "흐름이 빚어내는 현상"입니다. 천지간 요소들이 지금 여기 잠시 머무르면서, 고도의 관계성 속에 생명이라는 현상을 빚어냅니다. 쉰하이머는 그 관계성을 "동적인 평형상태"라고 이름 붙였습니다.

몸은 순간순간이 새로운 하나의 사건이며, 독특하면서도 유일한 방식의 평형상태입니다. 어제와 다른 오늘의 천지가 몸속 깊숙이 참여하여 일으키는 역동적이고 창조적 사건입니다. 이러한 관점에서

11 리처드 파인만, 『발견하는 즐거움』, 승영조 역, (승산, 2001).

본다면 '내 몸' 또는 '내 것'이라는 개념 자체가 성립하지 않습니다. 땅과 하늘을 내 것이라 할 수 없으며, 땅에서 수확한 것들도 내 것이라 할 수 없습니다. '나' 역시 대지에 속한 존재입니다.

단지 있는 것은 '허락된 것들' 뿐입니다. 내게 있는 것들은 모두 받은 것들입니다.

> 도대체 누가 여러분을 남보다 낫다고 보아줍니까? 여러분이 가지고 있는 것은 모두 하느님께로부터 받은 것이 아닙니까? 이렇게 다 받은 것인데 왜 받은 것이 아니고 자기의 것인 양 자랑합니까?
>
> 〔고린도전서 4:7〕

14

내 안의 바다

우리 몸은 원래 출렁거려야 합니다. 몸을 채우는 반 이상은 물이니까요. 세포의 70%, 전체 몸의 50~70%가 물이니 우리의 몸은 물을 담은 가죽주머니라고 봐도 무방합니다. 그러니 걸을 때마다 출렁출렁, 철썩철썩 소리가 나야 정상일지 모릅니다.

우리는 참으로 축복받은 세상에 살고 있습니다. 세상천지가 물이니 말입니다. 지구 표면의 2/3는 물로 둘러싸여 있습니다. 그러니 지구地球가 아니라 수구水球라고 불러야 하지 않을지 모르겠습니다. 신비롭게도 물은 형태가 없는 액체 상태로 존재합니다. 물의 기본단위가 수소 두개와 산소 하나가 모여 만든 물 분자(H_2O)라는 건 다들 아시겠지요. 그런데 산소와 수소는 전자를 공유하는 단단한 공유결합을 형성하고, 물 분자들끼리는 엉성하게 엉겨 붙는 수소결합을 형성합니다. 이게 매우 중요합니다. 이 때문에 물은 상온에서 기체로 날아가지 않고 액체로 존재합니다. 이 때문에 물은 다른 물질들을 잘 녹입니다. 물은 생명활동인 분자의 이동과 화학반응을 가능하게 하고, 물질의 이동을 가능하게 합니다. 수소결합이 없으면 생명체는 존재할 수가 없는 것입니다.

우주적으로 보았을 때 물은 매우 희귀한 분자입니다. 태양계에 물이 있는 행성은 지구뿐입니다. 지구보다 조금 더 태양에 가까운 금성은 표면온도가 450℃니 물이 있을 리 없습니다. 지구보다 조금 더 태양에서 먼 화성은 평균온도가 영하 23℃이고 밤에는 영하 70℃ 밑으로 내려간다니, 얼음은 있을지 모르겠지만 역시 물은 존재할 수 없습니다. 1,000억 개의 항성을 지닌 우리 은하에 지구 말고 이렇게 물이 풍부한 행성이 얼마나 있을까요?

지구에 물이 풍요롭기 위해서는 여러 가지의 중첩된 조건들이 만족되어야 합니다. 크기, 질량, 태양과의 거리, 자전축의 기울기, 위성(달)의 존재 등등. 이러니 외계 행성에 뱃속이 출렁거리도록 마실 만한 물이 있다는 것은 참으로 상상하기 어려운 일입니다.

지구에서 피어난 생명현상의 대부분은 바다에서 이루어졌습니다. 38억 년 전 생명의 첫 출현이 바다에서 시작되었고, 역사상 대부분의 생명체들은 바다에서 번성했습니다. 바다가 생명의 모태가 되었던 것은, 오직 물만이 참된 생명의 용매로서의 역할을 할 수 있는 때문이겠습니다.

뿐만 아니라 바다는 생명이 성장할 수 있는 자양분을 제공해주었습니다. 생명의 기원인 세포가 바다에서 형성되었고, 다세포 생명체들의 다양한 몸 구조 역시 바다에서 형성되었습니다. 생명체가 육상으로 진출한 것은 생명 탄생으로부터 무려 30억 년이 훨씬 지나서의 일이었습니다. 물의 의존도를 보았을 때, 생명체가 굳이 육지로 올라왔던 사건은 개인적으로 잘 이해가 되지 않습니다. 마른 오징어처럼 바짝 마른 상태도 아니었을 텐데, 바다에 전적으로 의지하던 생명체가 어째서 물 밖으로 나왔을까요?

육상으로 진출한 생명체는, 생명의 품인 대양으로부터는 벗어났지만 바다에 대한 기억을 몸 안에 간직하고 있었습니다. 그들은 '자기 소유의 바다', 즉 혈액과 세포 외액을 몸 안에 가지고 있었기에 지상에서 삶이 가능했습니다. 혈액과 세포 외액은 세포를 둘러싸는 환경이 되어 생명의 기본단위인 세포들에게 풍요로운 바다가 되어줍니다. 세포생물학 교과서는 혈액과 세포 외액을 'Sea within'이라고 표현합니다. '내 안의 바다'라고 번역하면 될 것 같습니다. '내 안의 바다'는 내 안의 생명체들인 수십조 개의 세포들을 살게 해주고, 자양분을 제공합니다.

태아가 엄마 뱃속에서 나오는 과정도 이와 흡사합니다. 아기는 엄마 자궁이라는 물속에서 10개월을 살면서 '내 안의 바다'를 준비합니다. 그렇게 준비가 되어서 물에 불은 얼굴로 지상 빛을 본 아기는 태어나자마자 엄마 젖을 찾습니다. 자기 안의 수백억 개 세포들을 먹여 살리는 '바다'를 풍요롭게 유지시키려고 그러는 겁니다.

살다가 병에 걸리면 병원에 가서 혈액검사를 합니다. '바다'가 살 만한 환경인가를 살펴보는 겁니다. 중환자실에서는 매일같이 피검사를 합니다. 매일매일 '바다'의 성분이 급변하니까 그러는 겁니다. 주사로 영양제를 주고 전해질을 맞춰주는 일은 '바다'를 돌보는 일입니다. 목이 말라 본능적으로 물을 찾는 것은 '바다의 농도'가 높아졌다는 신호가 뇌로 간 결과입니다. 배가 고픈 것은 '바다' 속에 당이 떨어졌다는 신호입니다. '자아'는 그 바다를 유지하기 위해 열심히 먹고 마시고 숨을 쉽니다.

멋지지 않나요? 태초에 생명을 탄생시켰고 길러냈던 바다를, 이제는 우리 모두의 몸속에 지니고 있다는 것은.

우리 몸 안에 바다가 있습니다. 지구상에 생명을 출현시켰던 바다의 품성을 우리는 몸속에 간직하고 있습니다. 그리하여 생명 탄생에 관한 기적이, 매순간 우리 몸속에서 재현되고 있습니다.

육지에서 두 발로 걸어 다니고 있는 것은, 그 자체가 이미 물로써 거듭남의 은혜를 입었다는 증거입니다. 차갑고 혼돈스럽고 고집스러운 진흙덩어리가 물로 거듭남으로써 '흐르는 몸', '통하는 몸', '숨 쉬는 몸'으로 탄생한 것입니다.

15

고통 받는 몸

아야.

싸한 통증이 왼쪽 약지 손가락에 느껴지는 순간, 반대편 손은 이미 왼쪽 손을 싸잡고 있습니다. 무슨 일이 일어났는지 곧 알게 됩니다. 서류 정리를 하던 중, 날카로운 종이에 손가락을 벤 것입니다. 조심히 상처 부위를 살핍니다. 갈라진 살점에서 선홍색 피가 망울망울 솟습니다. 가벼운 종이지만 날카롭고 무거운 방식으로 손가락과 마찰했고, 수천 개의 세포 사이를 벌려놓은 것입니다. 세포 사이사이 작은 혈관이 터져서 피가 흘렀고, 무수한 대전된 원자들의 이동으로 인해 수천 개에 달하는 신경세포에 화학적 신호가 전해졌습니다. 손끝 신경으로부터 발생한 신호는 피하신경을 타고 시속 129km의 속도로 이동, 척추를 경유하여 척수신경을 타고 뇌로 내달립니다. 마침내는 'P'라고 이름 붙여진 아미노산 방울들이 뇌에 도달합니다. 그러면 뇌는 그것을 '아프다'고 해석합니다. 그리고 곧바로 몸의 행동이 이어집니다.

사태를 의식하기 수초 전에 이런 일이 진행됩니다. 그리고 아픈 손가락에서 피가 솟는 것을 확인한 후에야 우리 의식은 사태를 이해합니다. 손가락이 베인 순간부터 시작된 몸의 대처는 수많은 세포들이 소통과 협동으로 빚어내는 멋진 군무입니다.

피부는 감각을 감지하는 능력이 매우 뛰어납니다. 우리 몸속에서 가장 예민한 장기라고 할 수 있지요. 피부 속에 은밀하게 침투하는 모기의 주둥이 때문에 잠을 설쳐본 사람들은 공감하실 겁니다. 검지로 책장을 넘길 때 손가락 끝에 걸린 종이가 한 장인지 아니면 그 이상인지 사람들은 감각으로 알아챕니다. 손가락 끝에 존재하는 $1cm^2$당 수천 개의 신경 덕분입니다.

피부는 외부 미생물로부터 신체를 보호하는 장벽 구실을 하고, 동시에 체내의 수분이 빠져나가지 못하도록 외피 역할을 합니다. 말초감각신경은 피부 전체에 골고루 퍼져 있어서 무엇이 내 몸에 닿았는지, 그것이 뜨겁거나 차가운지, 뾰족하거나 둔탁한지를 알게 합니다. 이런 감각을 청각/시각/후각/평형감각계와 구별하여 체감각계 somatic sensory system라고 합니다.

체감각계는 온몸의 피부 전체에 퍼져 있습니다. 대표적인 게 통증을 느끼는 통각수용체인데, 이것은 신체 조직이 손상되거나 그런 위험이 있다는 것을 알려줍니다. 피부의 감각계가 간혹 필요 이상으로 예민하다고 느껴지는 이유가 여기 있습니다. 위험에 대한 신호를 감지하는 통각수용체가 피부에 분포하고 있는 것은, 피부가 외부의 위험에 가장 취약해서 먼저 손상될 수 있는 장기이기 때문입니다. 외부의 위험이 전혀 없는 세상에 사는 생물이라면 굳이 피부의 체감각계가 필요치 않겠죠. 심부장기, 요컨대 폐나 간에 이런 수용체가 없는 것은 이 때문입니다. 그래서 폐나 간에는 작은 종양이 생겨도 통증이 없어서 발견하기가 쉽지 않습니다.(간이나 폐의 내부에 감각신경이 존재한다면, 암 조기 발견율이 크게 높아질 겁니다.)

'통증'이라는 감각은 고통의 생리를 말해줍니다. 다가오는 위협을 가장 취약한 곳에서 먼저 느끼는 것이 통증입니다. 통증을 통해서 몸의 대응을 유발하는 과정이 없어진다면, 외부의 위협에 몸 전체를 해칠 수 있는 최악의 상황에 직면할 수 있을 것입니다. 따라서 통증은 몸 전체가 겪게 될 파국을 가장 취약한 부분에서 먼저 겪는 것으로, 속성상 '대리적 측면'이 있습니다. 상처는 국소 부위에 불과할지언정 그에 대한 대응은 몸 전체가 관여해야 합니다. 통증은 몸의 대응을 준비하라고 하는 '신호'입니다.

우리의 몸 전체는 하나의 개체로서 생존하며, 몸의 각 부분들은 유기적으로 연결되어 있습니다. 확대하자면, 사회나 인류 역시 유기적으로 연결되어 있습니다. 건강하지 못한 사회에서 가장 먼저 고통을 겪는 사람들은 그 사회의 가장 취약한 계층입니다. 그들은 취약하기에 사회가 가지고 있는 결핍과 부조리함을 가장 먼저 겪습니다. 그리고 어느 정도는 '대신' 겪습니다.

지구적 관점에서도 그렇습니다. 지구 온난화라는 지구적 문제는 선진국들의 산업화에 따른 결과지만, 그 고통은 적도 부근의 가장 가난한 나라에서부터 시작됩니다. 그들의 고통은 사실상 강대국들의 탐욕으로 인한 결과물을 대신 짊어지는 희생입니다. 따라서 그 고통은 우리 모두가, 특히 강대국들이 움직여야 한다는 신호로 공감되어야 합니다. 그렇지 않는다면, 이 고통은 결국 인류 전체를 위협하게 될 것입니다.

인간의 공감 능력은 인체에 존재하는 신경경로와 같은 역할을 해야 합니다. 고통은 알려져야 하고, 마음에서 마음으로 전달되어야 하고, 그럼으로써 함께 움직일 수 있도록 해야 합니다. 바로 이것이 몸의 생리가 보여주는 고통의 의미입니다. 결국 이것은 모두가 함께 생존하기 위한 거국적인 생존전략입니다.

교육자이자 종교인이던 김교신(1901~1945) 선생은 한국 사회의 가장 고통스러웠던 역사를 대리적 대속적 의미로 이해했던 분입니다. 죄 없는 예수가 우리의 죄를 짊어지었듯, 식민지 조선이 강대국의 탐욕으로 인한 죄를 대신 짊어졌다고 그는 말했습니다. 기독교인은 고통을 이겨내는 창조적 수고의 자리에 있어야 한다고 주장한 그는, 짧은 생애 동안 제국주의에 반대하는 한편 한민족 독립을 위해 헌신했습니다.

"세계사의 창조에서 조선 기독교인들이 서 있는 자리는 어디인가. 김교신은 식민지 조선이 제국주의의 약육강식적 세계 질서의 모순이 집약되어 있는 곳이라고 보았다. 온갖 업신여김을 당하는 세계사 서열 최하위, 노예의 자리였다. 그러나 그것이 자신의 무능력과 힘없음으로 인해 책벌을 받는 자리라는 제국주의자들의 논리를 그는 단연코 부정했다. 이 노예의 자리는 세계사의 온갖 불의와 모순을 집약하여 정화해내는 곳이라고 보았다. 가진 자, 힘 있는 자가 배설한 탐욕과 죄악의 찌꺼기를 대신 받아 치운다는 것이다. 즉, 조선이 세계사의 노예로서 당하는 불의한 고난은 세계사의 죄악을 대속하는 성격을 가진다는 것이다. 나아가 그는 대속할 불의가 있는 한 인류의 문명은 그것이 아무리 화려한 것일지라도 '병든 것'에 불과하다고 보았다."[12]

테렌스 데 프레의 『생존자』는 인간 역사상 가장 참혹했던 고통의 순간인 나치 수용소 이야기를 담고 있습니다. 저자는 생존자들의 증

---

12 양현혜, 『김교신의 철학』, (이화여자대학교출판부, 2013).

언 속에서 '고통의 신호적 의미'를 발견합니다. 우리가 당하는 이 고통을 세상에 알려야겠다는 절박한 욕구가 고통 받는 사람들의 내면에서 분출되었다는 것입니다.

"나와 경험을 함께했던, 그러나 이제는 말 못하고 유명을 달리한 수많은 사람들을 대신하여 나는 무엇인가 하지 않으면 안 되었다. 그것은 나와 그들이 목격하고 체험했던 세계를 세상 사람들에게 보여주기 위해 여러 가지 상황을 분류하여 집필하는 일이었다. 살해되어 화장당한 동료들의 시신들을 위해 나는 목소리가 되어 주지 않으면 안 된다."[13]

수용소는 수용자 모두를 빡빡머리, 더러운 누더기, 말라빠지고 곪아터진 몸뚱이로 만들었고, 사람의 향기 대신 서로의 배설물 냄새가 나도록 만들었습니다. 인간을 혐오스러운 동물의 이미지로 만들어놓아야 학살이 순조롭게 진행될 수 있었던 것입니다. 그러나 서로를 혐오하고 적대시하도록 의도적으로 설계한 수용소 안에서도 인간성은 싹텄으며 이타적 행위가 이어졌다고 저자는 지적합니다.

어떤 문화적 압력도, 정신적 가치도 말소된 현장에서도, 살아남아 내가 본 것을 세상에 증언하겠다는 절박한 내적인 요구가 솟아납

13 오이게네 하임러Eugene Heimler, 〈안개 낀 밤Night of the Mist〉. (테렌스 데 프레, 『생존자』, 서해문집, 2010.에서 재인용)

Contemplations on the Body
몸 묵상

니다. 증언하지 않는다면 그 기막힌 현실들이 마치 아무 일도 없었던 듯 되어버리기 때문입니다. 그리고 내적인 요구는 내 몸의 생명력을 복원하는 에너지가 됩니다.

수용자들에게, 수많은 사람들의 죽음과 슬픔과 고통이 아무에게도 알려지지 않은 채 잊어지는 일은 참을 수 없는 지옥이었습니다. 침묵이야말로 죽음 곧 지옥의 영역이며 신, 인간, 사랑의 부재를 나타내는 것이었습니다.

고통에 대해 더욱 적극적인 의미를 부여한 사람은 유대인 철학자 레비나스입니다. 그는 고통의 의미가 '약자의 고통을 통해 전체의 위험을 인식하는 것' 이상이라고 말합니다. 그에게 있어서 누군가의 고통은 변화와 응답을 요구하는 요청입니다. 이 요청이 더욱 절실한 것은, 고통 받는 타자의 얼굴이 바로 '무한'이 개입하는 방식이기 때문입니다.

그에게 타자는 초월적 타자인 신神이 스스로를 내보이는 방식입니다. 신은 고통 받는 이의 얼굴을 통해 "바라보고, 호소하며, 스스로를 표현"합니다.[14] 극한 고통에 처한 사람과의 만남은 절대적 경험, 즉 '계시'입니다. 신은 타인과 같은 낯선 출현을 통해 현시합니다. 따라서 타인의 고통은 그것을 비켜서서 이론적으로 설명하거나

---

14 엠마누엘 레비나스, 『시간과 타자』, 강영안 역, (문예출판사, 1996).

해석할 대상이 아닌 것입니다. 그것은 바로 자신의 내면에 계시되는 요청입니다.

따라서 고통 받는 자의 얼굴을 직시하는 것, 요청에 응답하는 것은 개체나 사회의 생존전략을 넘어서는 행위입니다. 그것은 인간이 알 수 없는 무한으로부터 인간의 인식 영역 안으로 개입해오는 목소리입니다. 그래서 고통에 응답하는 것은 참사람으로 거듭나는, "윤리적 주체"로 바로 서는 행위입니다. 예수는 일찍이 자신을 당대의 고통 받는 자들과 동일시하였습니다.

너희는 내가 굶주렸을 때에 먹을 것을 주었고 목말랐을 때에 마실 것을 주었으며 나그네 되었을 때에 따뜻하게 맞이하였다. 또 헐벗었을 때에 입을 것을 주었으며 병들었을 때에 돌보아 주었고 감옥에 갇혔을 때에 찾아주었다.

〔마태복음 25 : 35-36〕

너희가 여기 있는 형제 중에 가장 보잘것없는 사람 하나에게 해준 것이 바로 나에게 해준 것이다.

〔마태복음 25 :40〕

Contemplations on the Body
몸 묵상

16

'본다'는 것

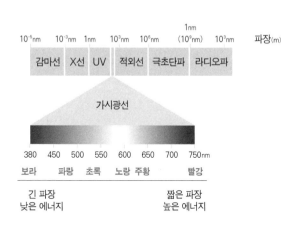

그림 2-5

오늘날 우리는 '눈으로 본다'는 의미에 대해서 더욱 자세하게 알게 되었습니다. 보기 위해서는 빛이 있어야 합니다. 대상으로부터 반사된 빛이 인간에 눈에 도달했을 때, 우리는 대상을 인식할 수 있습니다. 빛 중에서도 극히 일부의 스펙트럼, 즉 가시광선의 영역만을 인식할 수 있으며 우리가 알고 있는 색깔들은 반사된 빛의 파장에 따라 결정됩니다.

빨갛게 잘 익은 사과를 내가 본다는 것은 사과가 반사하는 빨강 색깔의 가시광선을 인식한다는 것입니다. 사과가 빛의 가시광선 영역 중에 빨강 빛깔의 파장을 반사하고 나머지 빛깔의 파장을 흡수하기 때문입니다. 엄밀히 표현한다면 사과가 빨간 게 아니라 사과가 반사하는 빛의 파장대가 빨강 영역인 것입니다. 빨강은 사과에 속한 정보가 아니라는 말이지요. 빨간색이니 파랑색이니 이름 붙인 색깔들역시 사물의 속성이 아닌 사물이 반사한 빛의 특성일 뿐입니다. 그것은 인간의 신경계가 인식하는 주관적 견해입니다. 여기 신경계가다른 생명체들이 있다면, 그 존재는 빨간 사과에 대해 다른 견해를가질 수도 있습니다.

빛을 감지하는 능력은 빛 입자에 의해서 구조가 변하는 단백질을가진 세포에 의해 생겨났습니다. 인간의 경우 이것은 눈의 망막 중에서도 가장 안쪽 층에, 간상세포와 원추세포의 두 가지 종류로 존재합니다. 이 세포들 안에 빼곡히 쌓여 있는 원판 모양 디스크에는 광자(빛 입자)에 의해 구조가 변하는 레티날retinal이라는 단백질이 있습니다. 광자가 우리 눈의 수정체를 지나서 망막에 도달하면 결국 레티날 단백질의 구조를 변화시키게 됩니다. 이것이 '본다'는 일의 시작입니다. 광자를 만난 레티날은 그 구조가 변하는데, (11-cis-retinal의 굽어졌던 구조가 펴지며 13-cis-retinal이 됩니다) 이것이 곧 생화학적 반응을 연계시키고, 이어서 전압펄스가 형성됩니다. 광자의 힘을 눈 안에서 전기적 신호로 바뀌는 것이죠.

이 신호는 신경세포를 타고 두뇌로 전해집니다. 간상세포와 원추세포에 도달한 각종 파장의 빛들이 서로 다른 경로를 통해 두뇌(후두부의 시각영역)로 전해지고 두뇌에서는 이 전기적 신호들을 복잡하게 계산하여 하나의 이미지를 만들어냅니다. 동그랗고 빨간 사과의 이미지가 머릿속에서 순식간에 계산되는 것입니다.

우리가 눈으로 보고 받아들이는 세계는 인식과정에 의해서 만들어진 최종산물입니다. 인식의 첫 번째 과정은 감각기관인 눈에서 이루어지는데, 눈의 능력에 따라 세상은 크게 달라집니다. 우리 눈이 받아들이는 파장영역대가 지금과 달랐다면, 우리는 지금과 전혀 다른 세상을 사는 듯 느꼈을 겁니다.

박쥐는 인간보다 훨씬 짧은 파장의 전자기파를 인식합니다. 가시광선 아닌 초음파를 발산하여 그 메아리를 듣는 박쥐는 자기가 사는 동굴이 무척 환하다고 생각합니다. 가시광선의 빨강영역대보다 파장이 느려지는 영역을 적외선이라고 하는데, 인간이 볼 수 없는 이 영역을 뱀은 볼 수 있습니다. 적외선을 감지하는 눈을 가지고 있는 것입니다. 그래서 뱀의 세상은 밤에도 대낮처럼 환하며, 적의 몸이 발산하는 열을 볼 수 있습니다.

두 번째 인식과정은 뇌라는 감각기관에서 일어납니다. 광자의 수를 셈하여 빛의 세기를 측정하고, 파장의 길이를 구분하여 색깔을 구분하고, 대상에 이미지를 입히는 작업이 두뇌 속에서 빠르게 계산됩니다. 희미한 전구불빛에서도 초당 10^{10}개의 광자가 눈의 레티날 단백질을 변화시킵니다. 그것들 모두 전압펄스로 바뀌어 두뇌에 전달되고, 전기적 신호는 순식간에 모양과 색깔을 입힌 이미지로 전환됩니다.

여기서 또 하나 중요한 것은 우리 눈에서 받아들인 신호 정보를 처리하는 내부구조입니다. 내부구조가 지금과 달라지면 최종산물인 세상에 대한 관념도 달라지기 마련이지요. 인간의 뇌는 파장의 차이를 이용해 색깔을 입히고 이미지를 만들지만, 박쥐의 뇌는 인간이 처리할 수 없는 고주파수의 초음파를 이용하여 같은 일을 합니다. 그렇게 형성된 두 가지의 세상은 판이하게 다르겠지요.

"우리는 이제 더 깊은 문제에 직면해 있다. 우리는 튀는 광자들로부터 외부 세계의 상을 만들도록 진화한 눈을 가지고 있다. 하지만 상이란 무엇인가? 상은 실재의 단순화다. 뇌는 실재를 단순화시키고 있는 것이다. 외부 세계를 단순화하는 것이지만 아주 유용하다. 상은 낯선 형태로 쓰인 외부 세계의 단순화된 표상이다. 모든 감각 변환은 외부 세계로부터 일어나는 보편성의 단순화한 표상이다. 뇌 작용의 본질은 매우 칸트적이다. 뇌는 내적 의미를 가진 기하학을 만들어서 외부 세계의 분열된 측면들을 표상하고 있는 것이다. 내부 기하학은 그 동기가 된 외부 세계의 기하학과 무관하다. 색깔은 단지 특정한 진동수의 에너지를 변환하는 방식이다. 뱀은 적외선을 볼 수 있지만 인간에게는 열로 느껴진다. 머릿속에 든 이미지가 세계의 표상에 불과하다는 건 분명하다."[15]

뇌 과학자 이나스의 말처럼 뇌는 실재를 단순화시키고 있습니다. 뇌가 보이는 것을 원본보다는 단순하게 해석하거나, 또는 원본의 일부만을 해석할 수도 있다는 이야기입니다. 해석의 법칙에는 반드시 따라오는 전제가 있지요. '단순화된 표상'이 번식과 생존에 매우 유용하다는 것. 다시 말해 우리가 보고 아는 세계는 실재가 아니라, 생존과 번식을 위해서 뇌가 단순화시킨 표상이라는 말이지요.

뭔가를 보려는 인간의 욕구와 호기심은 현미경과 망원경 같은 발명품을 탄생시켰습니다. 그래서 아주 작은 세포와 세균을 볼 수 있게 되었고, 수십억 광년이라는 매우 먼 거리에서 반짝거리는 별들을

---

15 로돌포 R. 이나스, 『꿈꾸는 기계의 진화』, 김미선 역, (북센스, 2007).

보게 되었습니다. 또한 과학은 볼 수 있는 파장의 영역대를 크게 확장시켰습니다. 파장이 작은 부분부터 매우 높은 부분까지 그 영역대가 넓어진 것입니다. 덕분에 눈에는 보이지 않지만 초당 수십조 개의 중성미자가 우리 몸을 관통하고 있다는 것을 우리는 알게 되었습니다. 덕분에 우주 은하의 모습을 상세하게 그릴 수 있게 되었으며 초기 우주의 증거물인 우주 배경복사가 존재한다는 것도 알게 되었습니다. 과학은 '본다'는 사전적 의미를 변화시켰습니다. 대상의 모양과 색깔을 파악하는 수준을 넘어서, 대상으로부터의 정보를 얻어내는 행위로 확장된 것입니다.

이러함에도, '본다'는 행위의 본질은 변하지 않았습니다. 과학은 예민한 눈을 만들었을 뿐, 눈 이상의 다른 것을 만들지는 못했습니다. 과학적으로 설계된 각종 '검출기'의 능력은 '눈'의 능력과 본질상 다르지 않습니다. 검출기가 검출해내는 미세한 신호나 사람의 눈이 보는 가시광선이나, 모두 전자기파입니다. 전자기파를 발산하는 92가지의 원소들이 아닌 것을 우리는 보지 못합니다. 따라서 '본다'는 행위를 통해 알고 있는 실재가 '단순화된 표상'이라는 뇌 과학자 이나스의 말은 여전히 유효합니다.

그렇다면 보는 것 이상의 '봄'은 불가능한 것일까요? 전자기파가 전해주는 세상 이상의 풍성함을 인간이 맛 볼 수는 없는 것일까요? 그러기 위해서는, 눈 이후의 새로운 감각기관이 필요할 것입니다.

"미에는 미적 감각이 따로 있듯, 종교에는 성스러움을 인식하는 누멘적 감각Sensus numinis이 선험적 능력으로 갖추어져 있다. 인간은 '종교적 인간'Homo religiosus이다."

루돌프 옷토는 1917년에 발간한 『성스러움의 의미』에서 눈 이후의 새로운 감각기관을 말합니다. 그것은 성스러움을 인식하는 인간의 의식입니다. 이것은 그 이전의 감각기관이 알아왔던 세계에 대한 인식과는 질적으로 다른 차원의 것입니다. 물질이 내는 전자기파에 대한 감각이 아니기 때문입니다.

옷토에 의하면 '의식'이 인식하는 새로운 세계는 말로 표현하기 어려운, 전혀 새로운 것입니다. 그것은 황홀하면서도 동시에 두려우며 기이하지만 매혹적이며 장엄합니다. 그것은 그것을 경험한 개체로 하여금 경외와 겸손, 용서와 사랑의 열정을 불러일으킵니다. 커튼 사이로 비치는 실오라기 같은 빛을 보며 커튼 뒤에 태양과 밝은 세상이 있다고 확신하게 되는 것과 같습니다. 성스러움을 경험한 사람들은 세계가 보다 새로운 무엇으로 가득 차 있으며 보다 큰 무엇에 의해 지탱된다는 것을 알게 됩니다.

성 빅토르 리처드는 본다는 것을 확장시키는 3가지 단계를 설명합니다.

첫 번째는 '정신의 확장'.

세계관이 넓어지고 깊어지는 과정입니다. 볼 수 있는 영역을 확대시켜온 인간 지성의 진보와 과학의 발전에 의해, 세계에 대한 이해를 심화시켜나가는 과정이라고 볼 수 있습니다.

두 번째는 '정신의 고양'.

우리가 우리 자신을 넘어서는 실재들을 바라보는 과정입니다. 루돌프 옷토가 말한 누멘적 감각으로, 새로운 차원의 실재들을 접하게 되는 단계인 것입니다.

세 번째는 '황홀'.

표상이 없는 실재, 감추어진 무엇을 보게 된 인간은 형언할 수 없는 황홀을 느끼게 된다는 것입니다.[16]

우리는 살고 있는 이 세계는 과학적 세계관이 지배하는 세계입니다. 원하든 아니든 우리는 우리도 모르는 채 '눈'(현미경이나 망원경도 하나의 눈이지요)으로 보는 것 외에는 존재하지 않는다고 배웁니다. 물리적으로 증명 못하는 것은 거짓이나 미신이라고 믿습니다. 그러나 이러한 관점은, 성 빅토르 리처드의 보는 단계에 의하면, '정신의 확장'이라는 첫 번째 단계에 해당합니다. 세상은 '눈으로 보는 것' 이상으로 풍성하고 다채로우며, 인간은 광활한 우주의 미미한 피조물에 불과합니다. 우리가 사는 세계를 더 많이 알고 더 많이 누리는 피조물로서의 값진 은총을 경험하기 위해, 먼저 '본다는 것'에 대한

---

16 이블린 언더힐, 『신비주의의 본질』, 안소근 역, (누멘, 2009).

교만한 아집을 꺾어야 할 것입니다.

믿음은 우리가 바라는 것들을 보증해 주고 볼 수 없는 것들을
확증해 줍니다.

〔히브리서 11:1〕

17

앎에 대하여

아침나절, 환자가 사망했다는 연락이 왔습니다. 간밤에 두 분이 나 돌아가셨으니 하루 사이에 벌써 세 번째 일입니다. 가운을 걸치고 청진기를 챙겨 진료실을 나섭니다. 중환자실 자동문 너머로 들어서니 규칙적인 기계음과 간호사들의 분주한 움직임이 여전합니다.

중환자실 한 구석, 침대에 드리워진 커튼 사이로 나지막이 울음소리가 흘러나오고 있습니다. 누군가에게 소중한 사람이 돌아가셨구나. 그제야 죽음이 느껴집니다. 환자는 마네킹처럼 핏기 없이 굳은 얼굴로 누워 있습니다. 청진을 하고 맥박과 심전도를 확인한 후 '지금 사망하셨다'고 가족들에게 말씀드립니다. 그런 후 중환자실 데스크의 컴퓨터 앞에 앉습니다.

Contemplations on the Body
몸 묵상

"몇 시 몇 분인가요?"

사망진단서에 사망시각이 정확히 기재되어야 하는 때문입니다. 간호사가 사망시간을 확인해줍니다. 사망시각에 이어 직접 사인과 중간선행사인, 선행사인을 기재합니다. 환자가 어떻게 죽음에 이르렀는가를 기록하는 것입니다. 간밤에 돌아가신 두 분도 같은 방식이었지요. 똑같은 양식의 사망진단서를 오늘만 내리 세 장 적었습니다.

중환자실을 나서며, 문득 이런 생각이 듭니다.

— 너무 사무적인 거 아닌가. 아무 감정도 없이. 사람이 죽었잖아.

마음속의 질문에 이어, 이런 대답의 목소리가 들려옵니다.

— 할 수 없어. 환자가 죽을 때마다 오열하고 슬퍼할 수는 없잖아. 의사니까. sympathy(동정심)과 empathy(공감)는 구별되어야 해. 상대방의 고통까지 짊어지고서는 의사 생활을 할 수가 없다고. 적정한 공감 정도가 적당해.

— 그래도 한 생명이 마무리되는 순간이라고. 자기만의 유일했던 인격이 있었고 누군가에게는 세상에 하나뿐인 부모였으며 누군가의 자녀였던 사람이야. 그런데 이렇게 차분한 게 가능한 거야? 하루 만에 무려 세 사람인데. 봐, 넌 지금 지극히 사무적이라고.

— 나도 생활이 있다고. 이건 내 직장이야. 지금부터 외래도 봐야 하고 회진도 돌아야 하고 엄청나게 바빠. 나는 내 일에 충실할 의무가 있어. 그래도 방금 전에 가족이 울 때, 나도 잠시지만 슬픔을 느

껐다고.

 - 그래? 그럼 간밤에 홀로 조용히 돌아가신 할아버지는? 그 할아버지, 임종을 지켜주는 가족도 없던데. 마지막엔 회진도 안 돌았잖아! 가족이 없으면 덜 슬퍼해도 되는 거야? 한 인간의 마무리가 그 슬픔에 동조하는 사람들의 숫자에 의해 계산될 수 있다고 생각해?

 - …….

마음속에서 솟아나던 대답들이 턱하고 멈춥니다. 살아 있는 가족들의 슬픔 앞에서 잠시 일었던 공감은, 그나마도 홀로 쓸쓸히 죽어가던 독거노인의 죽음 앞에서는 자취를 감추었기 때문입니다. 난 왜 그렇게 차분했던가. 아니. 좀 더 정확하게 표현해서 왜 그렇게 '냉정'했던가. 스스로에게 질문을 던지게 됩니다.

우선적으로 떠오른 대답은 '죽음의 외관'입니다. 죽음은 아름답지 않습니다. 죽음의 모양새는 탄생의 그것과 너무나도 대비가 됩니다. 살결은 보들보들하지 않고 쪼글쪼글하며, 울음소리는 우렁차지 않고 가늘고 얇은 신음소리인 데다, 환자는 고통스럽기까지 합니다. 죽음의 현장은 피하고 싶은 곳이며, 그 점이 나의 감정을 개입하기 어렵게 만든 것일까요? 그러나 의사이기에, 죽음의 현장을 그 외양 때문에 부러 피하고 싶은 마음 같은 것은 사실 없습니다. 또한 그 이유 때문에 나의 무던함을 그 외양 탓으로 돌리고 싶은 마음 역시 없습니다. 죽음의 모양은 있는 그대로 자연스럽게 느껴집니다. 새 옷을 사러 상점을 찾는 사람들이 헌 옷을 입고 있어야 더 자연스러워 보이는 것과 같은 이치이겠지요. 죽음은 어차피 잘 모르는 영역이니까요. 죽음은 알 수 없는 영역의 입구일지도 모릅니다. 그러나 언젠가부터, 누군가의 죽음에 대한 감정과 연민이 실종되고 말았습니다. 어째서일까.

고민 끝에 결론을 내렸으니, 문제는 '죽음'의 성격이나 이미지, 또는 '죽음의 현장'이 전해주는 분위기 등이 아니었습니다. 문제는 저에게 있었습니다. 오늘날 대부분의 의사들이라면, 대부분이 이와 같은 문제를 안고 있지 않을까 생각합니다.

'알고 있다'는 생각. 그게 문제였습니다. 임종하는 사람에 대해 '알고 있다'고 생각하는 것 말이지요. 누군가 숨을 거두자마자 선행사인과 중간선행사인, 그리고 직접 사인을 파악해 기록으로 남기는 제 일과를 보세요. 누군가 뇌경색이 있었고, 흡인성 폐렴이 생겼으며, 호흡부전으로 돌아가셨다는 것을 저는 잘 알고 있습니다. 그리고는 그것이 그분의 가장 중요한 사실이라고, 어쩌면 그 사람의 대부분일 수도 있다고 은연중에 믿고 마는 것입니다.

호흡부전이 되면 몇 분이 지나지 않아 생명의 바다인 혈액과 세포 외액이 죽음의 바다로 변해갈 것입니다. 세포대사의 흐름이 정지할 것입니다. 뇌세포들 사이의 전기화학적 정보교환이 멈추면서 그 사람의 기억은 소실될 것입니다. 몸은 차갑게 식어가면서 어쩌면 그와 함께 탄생했던 영혼도 사라질지도 모릅니다. 언젠가부터 나는 이 모든 걸 '너무도 잘 알고 있다'고 생각하게 된 것 같습니다. 그리하여 한 사람의 죽음을 너무도 짧은 몇 마디 문장으로 처리하고 만 것 같습니다. 때로는 그렇게 단순화시키는 하는 과정에서 어떤 홀가분함을 느꼈던 것도 같습니다.

이제 '앎'에 대한 오늘의 세계관을 이야기할 수밖에 없습니다.

의학이 환자에 대해서 안다고 하는 그 '앎'은 철저히 과학적 세계관에 입각한 앎입니다. 그 사람의 기저질환과 사인을 알고 있고, 몸이 끝장났다는 걸 알고 있고, 안타깝게도 이승에서는 다시 못 볼 거라는 것을 알고 있습니다. 조금 전까지 살아 있었던 그 사람이 유일한 존재였다는 것, 그를 소중한 관계로 인식하는 사람들이 있었다는 것도 물론 경험적으로 알고 있습니다.

생각을 조금 더 깊이 하면 더 깊이 알 수 있습니다. 그의 몸이 한때는 '숨 쉬는 몸'이었고 '통하는 몸'이었으며 '흐르는 몸'이었음을. 하늘과 땅 사이에 그 둘을 매개하여 살아가는 천지간 존재였음을. 우주에 떠다니는 먼지들이 상상할 수 없이 오랜 시간 동안 준비되고 형성되어 탄생한 몸이었음을. 그 몸으로 세상과 관계 맺으며 독특하고도 유일한 정체성으로 살아온 수십 년간의 삶이 있었음을.

여기까지 생각이 이르면, 그의 전 존재에서 어떤 의학용어로도 설명할 수 없는 것들이 있었음을 알게 됩니다. 있을 수 없는 일들을

Contemplations on the Body
몸 묵상

생겨나도록 한 무엇이 있었다는 것 말입니다. 최소한 그것이 무엇인지 잘 모르겠다고 인정한다면, 한 생명체의 죽음 앞에서 잃어버렸던 신비가 다시 돌아올지도 모르겠습니다. 우리의 일상적 감각에 의한 '앎의 세계'가 창조세계의 일부에 불과하다는 것을 깨닫게 된다면 말입니다.

유일무이했던 누군가가 유기분자들이 고농도로 모여 있는 살덩어리에 불과한 것처럼 느껴진다면, 그의 전체를 보지 못했다는 증거일 것입니다. 유대인 사상가 마르틴 부버는 "관계를 통해 우리의 실존과 영원을 보게 된다"고 말합니다. 나와 너의 관계 속 '너'를 통해 '영원한 너'의 현존을 본다고 말합니다. 그에게 '영원한 너'는 하느님이었습니다. 모든 것에 깃들어 계신 하느님을, 지금 여기 내 앞에 있는 '너'를 통해서 볼 수 있다고 합니다. 모든 관계적 사건이 '영원한 너'와의 관계일 수는 없지만, '영원자 너'와의 관계로 다가가는 단계가 될 수 있다고 합니다. 그렇다면 내가 숱하게 만났던 임종의 현장은―마르틴 부버에 의하면―죽어가는 사람에게 깃들어 있던 하느님, 그를 통해서 만날 수 있었던 하느님을 더 이상은 만날 수 없게 되는 현장인 것입니다. 바꿔 말하면 그를 통해 현존했던 하느님을 마지막으로 만날 수 있는 현장이기도 한 것입니다.

모든 것을 알고 있다는 '앎'에 대한 교만이 문제였던 것 같습니다. 그것은 의사인 내게 '냉정한 평정심'을 주었지만, 삶을 지펴야 하는 온기마저도 차갑게 만들어놓았습니다. 골치 아픈 시간을 절약하게 해주었을지는 모르지만, 시간의 충일함을 놓게 했습니다.

다시 새로운 시야로 세상을 보려면 교만을 먼저 내려놓아야 할 것 같습니다. 그러면 생명에 대한 놀람과 경외가 다시 살아날 수 있을지 모릅니다. 경외로부터 감사와 찬미가 솟아올 수 있을지 모릅니다. 죽어가는 누군가의 임종 앞에서 잠시라도 숙연한 마음으로 기도할 수 있게 될지 모릅니다.

타자와 나

오래전, 누군가를 크게 미워했던 적이 있습니다. 20대 초반 시절이었는데 그 감정의 소용돌이는 실로 대단했습니다. 그 사람의 일거수일투족이 싫었고, 얼굴을 보는 것도 불편했습니다. 학년 선배라 말도 못하고, 그 와중에 미움의 감정은 더욱 깊어졌습니다.

그 사람에게 장문의 크리스마스 카드를 써 보내는 것으로 저의 감정을 표현했습니다. 카드 앞과 뒤에는 빼곡히 분노로 눌러 쓴 잉크 자국이 피처럼 흘러내렸죠. 내 감정의 원인이 상대의 태도와 행동에 있음을 조목조목 설명했습니다. 상대방은 설레는 마음으로 카드를 받았을 테지만, 그 설렘은 길어야 몇 분을 넘지 못했을 것입니다. 아마도 충격과 슬픔의 감정이 북받쳤겠지요. 저는 제 안에 켜켜

이 쌓여 묵혀왔던 감정들을 그렇게 배설했고, 후련함 끝에 평정심을 되찾을 수 있었습니다.

그러나 그 선배는 제가 뒤집어씌운 감정의 찌꺼기를 닦아내고 씻어내느라 오랜 시간을 보내야 했을 것입니다. 세월이 지나고 나서야 미안하다는 생각이 들었습니다. 그리고 참 이상하다는 생각도 들었습니다. 왜 그렇게도 싫었을까? 그 사람의 행동이 그렇게 나쁜 것이었을까? 돌아보니 별것 아닌 일들이 마음에 거슬렸던 것 같기도 했습니다.

분석심리학에는 '그림자'란 용어가 있어요. 어떤 성향이 의식의 뒷면에 억압된 채 남아 있는 우리 마음속의 열등한 인격을 말하죠. 미분화된 채 남아 있는 이것은, 평소에는 의식되지 못하다가, 누군가 비슷한 대상을 만날 때 외계로 투사되어 비로소 그 존재를 드러냅니다.[17] 내 안에 밝음이 있다면 누군가의 밝음을 보게 되고, 내 안에 어둠이 있다면 누군가를 통해 그 어둠을 발견하는 것입니다.

감정을 유발한 상대방이 존재하긴 하지만 실질적인 감정의 진원지는 자기 내면인 셈입니다. 공연히 누군가가 미워질 때나 또는 지

---

17 "그림자가 투사될 때 사람들은 '왜 그런지 모르게', '공연히', 어떤 대상에 대하여 혐오감이나 그 밖의 부정적인 감정반응을 일으킴을 알게 된다. 그림자는 자아의 바로 밑바닥 어두운 그늘 속에 있는 심리적 경향 또는 내용이므로 그 특징은 상당히 자아의식의 특징과 닮았다고 볼 수 있고 비슷하면서도 전혀 예기치 못했던 열등한 경향을 띠게 된다. 그래서 그림자의 투사는 곧잘 자아와 비슷한 대상에 향하는 것이 보통이다." 이부영, 『분석심리학』, (일조각, 2011. 3판), 88쪽.

Contemplations on the Body
몸 묵상

나친 감정이 표출될 때, 그것이 혹 나의 '그림자'가 아닌지 생각해봐야 합니다. 제 경우엔 분명히 그랬던 것 같습니다. 한때 나를 괴롭혔던 '혐오감'의 대상은 타자가 아니라 타자의 행위 속에서 발견한 내 '속모습', 나의 '그림자'였던 것입니다.

비단 '그림자'가 아니더라도, 우리는 우리의 마음을 토대로 타자를 인식합니다. 나의 유전적, 경험적, 심리적 배경이 타인을 인식하는 도구가 되는 것이죠. 나와는 아무런 상관이 없는 타자는 내게 어떤 감정도 유발하지 못합니다. 애증이든 증오든 어떤 감정을 유발한다면 그것은 타자를 인식할 만한 도구가 내 안에 존재함을 의미합니다. 내가 누군가에게 어떤 감정을 느낀다면 그것은 이미 '내 안에 그가 들어 있는 것'입니다.

흥미롭게도 이와 비슷한 인식기능이 우리 몸에 존재합니다. 몸이 타자를 인식할 때도 '나의 배경'을 기반으로 해서 인식한다는 것입니다. 지금부터 설명하는 인식의 주체는 인간의 두뇌가 아니라 세포들입니다. 두뇌와 세포의 복잡성에는 큰 차이가 있지만, 그럼에도 여기서는 그 '인식 과정'의 유사성을 말해보려고 합니다. 둘 사이의 유사성은 두뇌의 입장에서는 '한계'를 드러내는 것이지만, '세포'의 입장에서는 '가능성'을 보여주는 일이기도 합니다. 저는 후자를 강조하고 싶습니다. 우리 몸이 세포 차원에서도 이 정도로 똑똑하다는 것을 보여주는 사례가 될 것이기 때문입니다. 우리 몸의 '타자'를 인식하는 기관은 면역계입니다. 면역계는 타자를 알아보게끔 몸이 고안한 시스템입니다.

면역계는 몸의 생존 방식에 있어서 매우 중요합니다. 타자를 인식하지 못할 경우 우리 몸은 때로 치명적인 위험에 처하게 됩니다. 우리가 밥을 먹을 때, 밥에 식중독 균이 섞여 있다가 함께 몸으로 들어온다면 어떻게 될까요. 몸의 면역계가 식중독 균만을 골라서 인식하고 공격할 것입니다. 면역세포들과 식중독 균의 한판 싸움이 벌어지는 것이지요. 이 과정에서 배탈 설사가 나고 열이 오르는 증상을 경험하게 되는 것입니다.

그러나 식중독 균이 없이 깨끗한 밥까지 '타자'로 인식되어서는 안 되지요. 밥을 먹을 때마다 배탈이 나서는 살 수가 없으니까요. 몸 안의 정상적인 구조물 역시 타자로 인식되어서는 안 됩니다. 자기의 몸을 타자로 인식하고 공격하게 되었을 때 생기는 게 자가면역질환입니다. 자신의 관절을 공격하는 류머티즘 질환, 피부와 신경과 관절 같은 다양한 조직을 공격하는 루푸스 등은 자신의 면역세포들이 '자기'를 타자로 인식하여 공격하면서 발생하는 질환들입니다.

면역학에서는 '타자'를 '비자기'라고, '비자기'가 아닌 것들을 '자기'라고 표현합니다. 지금 주목하려고 하는 면역세포는 임파구입니다. 임파구는 획득면역을 담당하는 세포들입니다.

🔖 면역과 항원수용체

면역 반응에는 자연면역(natural immunity)과 획득면역(acquired immunity)이 있다. 자연면역계에서는 외부 항원에 대한 어떤 패턴을 인식하는 데 반해, 획득면역은 외부 항원에 대하여 일대일로 대응한다. 예를 들어 자연면역계는 인간세포에는 존재하지 않지만 세균이라면 공통적으로 가지고 있을만한 세균의 구조를 인식한다. 그리고 그 구조는 세균의 종류에 상관없이 공통적이다. 그에 반해 획득면역계는 공통적인 패턴이 아니라 그 특정 세균만이 가지고 있는 고유한 구조를 인식한다. 세균의 종류에 따라 달라지는 것이다. 획득면역을 담당하는 면역세포들은 훨씬 더 세심하게 세균의 구조물을 인식하는 셈이고, 따라서 획득면역을 담당하는 임프구에는 외부항원을 인식하는 특별한 수용체가 존재한다. 이것이 항원수용체.

우리가 사는 일상생활에서는 매우 다양한 항원들이 있기에, 획득면역계를 담당하는 임프구들도 매우 다양한 항원수용체를 가지고 있다. 어떤 항원이 몸 안으로 들어올지 모르기에, 우리 몸은 그것보다 훨씬 다양한 항원수용체를 몸 안에서 준비해놓는다. 획득면역을 담당하는 B림프구와 T림프구의 세포 표면에는 세포 하나당 한 종류의 항원수용체가 존재하므로, 거의 모든 림프구들의 항원수용체는 모두 다르다고 할 수 있다.(이런 다양한 수용체가 어떻게 존재할 수 있는지는 19장에서 설명하겠다.)

임프구가 외부 항원을 인식하기 위해서는 중간 과정이 필요하다. 임프구가 외부항원을 바로 인식하지 못하기 때문이다. 이 단계에서 중요한 개념이 있는데, 바로 주조직적합체 분자(Major histocompatibility complex molecules; MHC 분자)다. MHC 분자는 세포 표면에 존재하는 단백질인데 사람마다 다르다. 사람이라는 같은 종 내에서 대부분의 단백질은 동일한데, 유일하게 MHC 분자는 개체마다 다른 것이다. 이것은 각 개체의 특징 즉 '자기'의 표지로, 면역학적으로 '자기'를 규정하는 개성을 드러내는 분자라고 할 수 있다. 이 MHC 분자가 임프구의 인식과정에 중요한 역할을 하게 된다.

T림프구의 인식과정을 그림으로 살펴보겠습니다. 피부 상처에 병균이 들어왔습니다. 이때 병균은 '비자기'이기 때문에 몸의 면역계는 이것을 인식하고 공격해야 합니다. 그러나 T림프구는 이것을

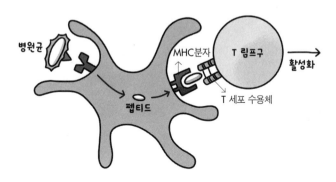

병원균

MHC분자   T 림프구

활성화

펩티드   T 세포 수용체

T림프구는 타자인 '병원균'을 인식하는 게 아니라
병원균에 의하여 '자기'(MHC 분자)가 '비자기'화
한 것을 인식한다.

그림 2-6

직접적으로 인식 못합니다. 중간 과정을 통해야 합니다. 병균은 먼
저 피부 밑의 대식세포Antigen presenting cell(항원 제시 세포)에 의해 잡
아먹힙니다. 병균은 대식세포 안에서 처리과정을 거쳐 MHC 분자
MHC class II molecule와 결합하여 세포 표면에 게시됩니다. T림프구는
수용체T-cell receptor를 이용해 이렇게 처리된 항원을 인식하여 활성화
된 후, 비로소 병균에 감염된 세포들을 파괴하는 일을 수행하게 됩

니다. T림프구가 인식한 것은 '비자기'가 아니라 대식세포 안에서 '자기'였던 MHC 분자가 '비자기'화 한 것입니다. (그림 2-6)

이처럼 '비자기'는 언제나 '자기'라는 맥락 위에서 인식됩니다. '자기'라는 맥락이 놓치는 '비자기'는 인식될 수 없는 것이지요. '자기'의 MHC 분자에 결합하지 못하는 이물질은 '비자기'라고 할 수도 없습니다. 똑같은 꽃가루에 어떤 사람들은 아무렇지도 않은데 어떤 사람은 알레르기 반응을 일으켜 콧물과 재채기를 유발하는 이유가 여기 있습니다. 꽃가루를 MHC 분자에 결합시키지 못하면 '비자기'로서의 면역반응이 유발되지 않습니다. 아무런 영향도 못 미치는 이방인이 됩니다. 외부의 어떤 것이 비자기 즉 '타자'로 인식될 수 있느냐 하는 정보는 이미 내부에 있는 것입니다.

T세포가 '비자기'를 인식하는 과정을 보면, 인간이 누군가에게 강렬한 감정을 느끼게 되는 과정과 유사하지 않나요? 타자(비자기)를 인식할 때 '나'의 맥락에서 인식하게 된다는 것. 내가 알고 있는 또는 느끼는 타인은, 있는 그대로의 타인이 아니라 나의 세계관과 가치관과 인생경험의 범주에서 재해석된 타인입니다. 여기에 잠재의식 속의 무엇이 투사된다면 강렬한 감정을 동반하게 되는 것입니다. 반대로, 타인에게 드러나는 감정은 자신을 반영하는 이미지를 담게 됩니다. 이때 감정은 타인이라는 거울에 비치는 흐릿한 거울상의 역할을 할 수 있습니다.

감정이 누군가에게 비쳐지는 나의 모습일 수 있음을 아는 것은 때로 중요합니다. 그 속에 투영된 자신의 모습을 알아차리지 못한다면, 지나치게 타인에게 집착하게 됩니다. 과도한 증오나 분노가 모조리 타인에게로 쏠리게 되어 누군가에게 상처를 입힐 수도 있고 관계를 그르칠 수도 있는 것입니다. 이것을 조금 더 일찍 알았더라면, 20년 전에 그처럼 흉포한 크리스마스카드는 보내지 않았을 테지요.

뉴스와 인터넷 등을 통해 이런저런 사건과 사회현상을 접하며, 우리들이 집단적으로 흉포한 크리스마스카드를 보내고 있는 것은 아닌가 하는 생각을 해볼 때가 있습니다. 이 감정의 원인이 전적으로 상대방에게 있다고 결론지은 채, 증오와 불신의 감정을 가감 없이 표출하는 것 아닐까. 지역 간에, 계층 간에, 이념 간에, 세대 간에, 화합 아닌 갈등이 깊어지는 세상입니다. 이 난국을 타개하기 위해, 깊게 패인 감정의 골짜기를 굳이 건너지 않아도 될지 모릅니다. 감정의 진원지가 바로 우리 자신의 내면일 수 있다는 가능성. 그것을 먼저 인식하는 게 시작일지 모릅니다.

19

'나는 누구인가' – 면역학적 관점에서

겨울철이면 딸아이 혜준에게 불편한 손님이 찾아옵니다. 코와 호흡기 점막이 붓고 가려워서 겨울 내내 킁킁거리고 훌쩍이는 것입니다. 언제부터인가 그것이 자신만의 증상임을 눈치 챈 아이가 묻습니다.

"아빠, 영준이는 안 그런데 왜 나만 그래? 왜 나만 이렇게 낳았느냐고."

혜준이는 태어나면서 태혈이 있었고, 어려서 아토피가 있었고, 아동기를 거치면서 알레르기 비염에 천식이 생겼습니다. 반면에 동생인 영준이는 그런 증상이 일체 없습니다. 아이로서는 불공평해보였을 테죠. 앞 장에서 살펴보았듯이 각자의 내부구조가 다르기 때문입니다.

겨울이면 찾아오는 단골손님이 또 있지요. 바로 감기입니다. 온도가 내려가면 바이러스의 활동성이 증가하고 생존기간이 길어지기 때문입니다. 겨울철 호흡기 바이러스 중 가장 악명 높은 것은 독감이라 불리는 인플루엔자 바이러스. 몇 년 전에는 유례없던 공포감을 불러온 신종 플루가 유행했습니다. 지금은 그 요란하던 기억이 세월 속에 희석되었습니다. 많은 사람들이 신종 플루 예방주사를 맞아서 이제는 신종 플루 환자는 찾아보기가 어렵고, 간혹 있다 하더라도 대수롭지 않게 치료합니다. 모양과 성격이 동일한 바이러스지만 그것을 대하는 사람들의 면역력에 변화가 생긴 것입니다. 타자가 악마냐 천사냐 하는 문제는 고정된 답안지가 있는 것이 아닙니다. 그것을 인식하는 내부구조가 가변적이기 때문입니다.

면역력이란 자기와 비자기를 구별해서 비자기에 저항을 실현하는 능력입니다. 면역계통이란 이것을 실현하는 세포와 조직 및 분자 전체의 집합을 말합니다. 전쟁터에서 피아 식별이 분명해야 하듯, 면역 계통 안에서는 자기와 비자기의 경계가 뚜렷이 형성되어야 합니다. 그러나 사실상 이 경계는 모호하고 가변적입니다. 알레르기 증상이 변하거나 예방주사가 면역력을 변화시킬 수 있다는 사실이 그 증거죠. 다시 말해 적이 아군으로, 아군이 적으로 옷을 바꿔 입기도 한다는 것입니다. 자기와 비자기의 경계는 완벽히 고정된 것이 아닙니다. 자기는 비자기와 교류하면서 자기를 변화시켜나갑니다.

　획득면역 체계를 잠시 살펴보겠습니다. 획득면역의 일꾼들인 임파구에는 특정항원을 인식하고 반응하는 항원수용체가 있으며 그 수는 10^9개에서 10^{11}개에 이릅니다. 이렇게 수용체가 다양한 것은 자연계에 존재하는 항원의 종류가 매우 다양할 뿐더러, 이 항원 중 어떤 종류가 몸에 침입하건 즉시 인식할 수 있어야 하기 때문입니다. 이러려면 자연계에서 존재하는 모든 항원의 숫자를 충분히 능가하는 다양성을 우리 몸이 가지고 있어야 하겠지요.

　이것은 생물학의 상식인 DNA로부터 RNA를 거쳐 단백질로 이어지는 센트럴 도그마를 생각했을 때 이해하기 어려운 노릇입니다. DNA 안에 하나의 단백질로 번역되는 부분을 유전자라고 하는데, 인간의 DNA에 저장된 유전자는 3만 개 정도로 밝혀졌습니다. 만일 각 수용체마다 한 개의 유전자가 요구된다면 인간의 유전체 대부분을 항원 수용체를 만드는 데 써도 모자랄 것입니다. 더군다나 인간 몸의 각 부분들의 복잡성과 기능적 다양성으로 볼 때, 수용체에 그다지 많은 유전자를 할애하기는 힘들 것입니다. 그렇다면 어떻게 그 제한된 유전자의 숫자로 엄청나게 다양한 항원들을 만들었을까요?

　몸은 인간의 상상력을 능가하는 방식으로 문제를 해결해왔습니다. 천억 개에 달하는 다양한 항원 수용체를 만들기 위해, 몸은 무작위 유전자 재조합이라는 방법을 사용합니다. 항원 수용체의 일부 구간 유전자를 무작위로 재조합하는 것입니다. B림프구로 예를 들어 보죠. B림프구가 가지고 있는 1개의 B세포 수용체는 2개의 H사슬 Heavy chain과 2개의 L사슬Light chain로 구성되어 있는데, 이 중 H사슬 을 만들어내는 단백질은 V유전자(200~1000개), D유전자(10여 개 수준), J유전자(4~6개)의 조합으로 이루어집니다. 이들 유전자를 무작위 조합하면 그 경우의 수는 수만 개에 이릅니다. 그건 L사슬도 마찬가지이며, 다시 H와 L을 연결하면 천만 개 이상의 경우의 수가 가능하게 됩니다.[18]

이것을 공장 생산라인에서 일어나는 일이라고 생각해보지요. 제 품의 어느 정도(수용체의 일정 부위)는 정해진 설계도대로 만들어집 니다. 제품이 제품으로서의 기능을 할 정도의 완성도는 있어야 하니 까요. 그리고 제품의 외형과 색깔 등에 변화를 줄 수 있는 작업공정 의 마지막 구간(수용체의 가변 부위)에 이르러서는 설계도면 없이 무작위로 생산이 이루어지는 것입니다. 작업자의 기분에 따라 설계 도 없이 맘대로 만들다 보면 엄청나게 다양한 모양과 색깔의 제품들 이 만들어질 것입니다.

공장에서 찍어낸 다양한 제품들은 유통망(임파선)을 통해 전국 에 깔립니다. 물류센터(임파절)들이 전국 요지에 산재해 있어서 유

---

18 Abul k. abbas, Andrew H. Lichtman, 『최신 면역학입문』, (범우사, 2005), 75쪽.

통을 돕고, 제품은 전국의 주요 상점과 골목 상권(말초조직)까지 진입합니다. 그리하여 시장에 침입한 고객(세균 등의 비자기)의 선택을 받은 제품은 중앙의 공장에서 다시 대량으로 찍혀나가고, 그 설계도면은 오래 보전(기억세포의 형성)됩니다. 반면에 선택받지 못한 제품은 지역의 물류센터를 돌다가 불과 수십일 만에 폐기처분(세포 자살apoptosis) 됩니다.

물론 시장에서 이런 일이 실제로 일어날 일은 없어 보입니다. 생산 공장 쪽의 리스크가 너무 클 테니까요. 더욱 소모적인 부분은, 대부분의 제품들이 시장에 나가보지도 못한 채 폐기처분된다는 사실입니다. 공장에서 출고도 하기 전에 품질기준에 미달되는 제품을 한 번 거르는 과정이 존재한다는 것입니다.

면역세포의 품질기준은 '자기'와 '비자기'를 가려낼 수 있는 능력입니다. '비자기'와는 잘 반응하여 공격할 수 있어야 하고, '자기'와는 반응하지 않는 관용정신이 있어야 하는 것이죠. 만약에 '자기'와 반응하는 면역세포가 걸러지지 않고 조직으로 침투할 경우, 얼마 지나지 않아 자기 내부의 장기나 조직을 공격하는 자가면역질환이 발생할 것입니다. (앞선 18장에서도 설명한 바 있습니다.) 그래서, T림프구를 예를 들면, 흉선에서 성숙된 T임파구들을 흉선 밖으로 내보내기 전에 자기와 반응할 수 있는 모든 세포들(품질미달 제품)은 제거가 됩니다. 결국 형성된 세포들의 10%만 흉선 밖으로 나가 온몸으로 퍼지는 것입니다. 이처럼 자신의 몸에 반응을 하는 면역세포를 가려내는 과정을 면역관용Immune tolerance이라고 합니다.

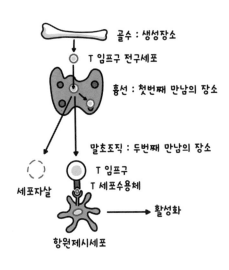

골수 : 생성장소

T 임프구 전구세포

흉선 : 첫번째 만남의 장소

말초조직 : 두번째 만남의 장소

세포자살

T 임프구
T 세포수용체

활성화

항원제시세포

그림 2-7

　면역관용의 비밀은 '만남'에 있습니다. 만남의 첫 번째 장소는 흉선Thymus입니다. T림프구는 골수Bone marrow에서 형성되어 흉선

Thymus으로 이동합니다. 아직 어린 T림프구는 흉선에서 성장하고 점검을 받게 됩니다. 이 과정을 통해 온전한 기능을 하는 항원수용체를 가진 T림프구들— '자기'에게는 반응을 하지 않고, '비자기'만을 선별하여 공격할 수 있는 세포들— 만이 선택되어 밖으로 나가는 것입니다. 이것을 위해 '자기' 항원을 일일이 대면하는 과정을 밟게 됩니다. '자기'를 직접 만나보고 만져보는 것입니다. 여기서, 자기항원에 강하게 반응하는 세포들은 사멸의 과정을 밟습니다.

여기서 이상한 점은 '자기를 전혀 몰라보는 세포'들도 살아남을 수 없다는 것입니다. 왜일까요. T림프구가 '비자기'를 인식하는 것은 '자기'라는 맥락 위에서 일어나는 과정이기 때문입니다. 자신의 MHC 복합체를 전혀 인식하지 못하는 세포들도 세포자살의 과정을 밟게 됩니다. 이렇게 해서 선택받은 소수의 임파구들이 전체 몸으로 퍼져나갑니다.

만남과 선택의 장소인 흉선을 빠져나온 림프구들은 또 다른 만남의 장소로 출발합니다. 전신에 퍼져 있는 혈액과 임파선을 돌면서 새로운 만남—항원과의 만남을 기다립니다. 그곳에서 또 한 번의 만남과 선택이 이루어집니다. 자기 항원을 만나면 무반응anergy이 초래되며, 외부 항원을 만나면 번성하고 기억됩니다. 이 과정에서 기억을 가지는 세포들이 형성되는데, 이러한 기억력은 20년 정도 지속됩니다. 우리 몸의 면역계는 구성 세포들의 개별적 만남 속에서 전체적으로 '자기'라는 정체성을 유지합니다.

자기의 테두리는 고정되어 있지 않은, 변할 수 있는 가변적 존재입니다. 면역학적 '자기'는 객관적인 대상과 확연히 구분되어서 대상을 감각하고 판단하는 감각주체가 아닙니다. 그것은 비자기, 즉 타자와 교류하면서 스스로를 변화시키는 관계론적 주체입니다. 예방주사를 맞고 알레르기 면역치료를 받을 수 있는 것은 '자기'를 변화시켜나가는 면역계의 특성 때문입니다. "면역학적 자아는 어떤 상대를 만나느냐에 따라, 또는 주어진 상황과 환경에 따라서 달라지는 '환경맥락적 자아'이며 '상관적 자아'"입니다.[19]

"'나 그 자체'라는 것은 존재하지 않는다. 존재하는 것이라고는 근원어 '나-너'의 '나'이거나 '나-그것'의 '나'이거나 둘 중의 어느 하나가 되는 것이다."

마르틴 부버에 의하면 홀로 선 독립적 인간은 존재하지 않지요. 어떤 형태로든 관계 속에서 우리는 존재합니다. 그 관계를 어떻게 만들어 가느냐가 인생의 가치를 결정합니다. 인격적으로 관계하며 상호영향을 주고받는 '나-너'의 관계가 있을 수 있으며, 나와는 상관없는 감각대상으로만 상대방이 존재하는 '나-그것'의 관계가 있습니다. 우리 몸의 면역계는 부버의 관계론을 통하자면 '나-너'의 만

---

19 최종덕, 『생물철학』, (생각의힘, 2014).

남을 닮았다고 볼 수 있습니다. '나'는 홀로 선 존재가 아니라 '너'와의 관계 속에 드러납니다. 그것은 '나와 너'의 인격적 만남을 통해 성숙해갑니다.

> "진실로 '나'는 '너'와의 직접적인 관계를 매개로 해서만 버젓한 '나'가 되는 것이다. 내가 '나'로 됨에 따라 나는 그를 '너'라고 부르게 되는 것이다. 온갖 참된 삶은 만남이다."

마르틴 부버, 『나와 너』, 김천배 역, (대한기독교서회, 2000).

'나는 무엇인가' – 미시적 관점에서[20]

나는 무엇인가? '나'라는 정체성을 어떻게 규정해야 하는가? 이 철학적이고도 난해한 문제를, 이제부터 순수하게 형이하학적 관점에서 접근해보겠습니다. 고성능 현미경으로 머리칼 끝에서부터 발가락까지 '나'를 들여다보면서, '난 무엇으로 이루어져 있지?'라는 질문의 답을 찾아가려는 것입니다.

이 과정에서, 육안으로는 볼 수 없는 온갖 종류의 생명체들을 만나게 될 것입니다. 더불어 나의 몸이라기엔 상당히 낯설고 두렵기까

---

20 제시카 스나이더 색스, 『좋은 균, 나쁜 균』, 김정은 역, (글항아리, 2012), 버나드 딕슨, 『미생물의 힘』, (사이언스북스, 2002)을 참조했음.

지 한 신세계를 접하게 되겠지요. 먼저 신세계 속 생명체들의 크기를 먼저 설명 드리려고 합니다. '작다'는 표현이 아쉬울 정도로 '엄청나게 작은' 것들이거든요.

사람의 몸은 수십조 개의 세포로 구성되어 있지요. 피 한 방울의 부피에는 세포가 백만 개 이상 들어갈 수 있습니다. 1백만 개? 쌀알이 1백만 개 있다면, 그것을 담기 위해서는 커다란 가마솥이 15개가 필요합니다. 그 정도로 작은 것입니다. 세균은 세포보다도 작습니다. 훨씬 작습니다. 직경 1mm의 설탕 입자 하나에 세균이 백만 마리 이상이 들어갑니다. 크기로 따지자면 굳이 그 존재를 인정할 필요가 있을까 의구심이 생길 정도죠.

현미경의 눈으로 살펴보면 다양한 종류의 미생물들이 몸 표면을 완벽하게 점령하고 있는 듯 보입니다. 눈썹의 모낭 속에서는 털집진드기를 만나기도 하고, 입안에서는 엄청난 타액 파도가 몰아치는 험한 환경에서도 미끄러운 치아에서 암벽타기를 하고 있는 세균을 보게 됩니다. 겨드랑이에 이르러서는 열대밀림 속 생명군락을 이룬 고밀도의 생명체들을 만나게 되며, 몇몇 사람에게만 해당되겠지만 날카로운 갈고리로 음모를 쥐고 버티는, 무섭게 생긴 사면발이를 발견하기도 할 것입니다.

소화관 안으로 들어가봅시다. 면역성이 약한 사람들의 구강과 식도에는 간혹 퍼져 있는 칸디다의 균사를 확인할 수 있을 것이고, 위에서는 뜨거운 용광로처럼 모든 것을 녹여버리는 혹독한 산성 환경에서도 살아남는 헬리코박터 균의 생명력에 감탄하게 될 것입니다. 대장으로 내려가서는 엄청난 개체수를 자랑하는 대장균의 신세계를 경험하게 되겠지요.

그런데 이런 녀석들이 나와 무슨 상관이 있느냐고요? 우리 몸 밖에 살면서 틈틈이 몸 안으로 침입의 기회를 엿보는 침입자들일 뿐이라고요? 내 몸에 기생하면서 숙식을 해결할 뿐인 공생관계의 생명체들이라고요?

엄마 젖을 먹는 아기들의 입에서는 달콤 쌉쌀한 향기가 납니다. 젖비린내입니다. 젖 먹던 아기가 유동식 단계를 거치고 밥상에서 함께 식사를 할 나이가 되면 그 향기롭던 기운은 사라지고 이내 어른들과 다를 바 없는 냄새가 납니다. 달콤하고 사랑스럽던 향기가 퀴퀴하고 텁텁한 냄새로 바뀐 것입니다.

도대체 무슨 일이 일어난 걸까요? 어린이 치약에 문제가 있었던 걸까요? 구강 위생관리에 실패한 탓일까요? 아닙니다. 입안에 거주하던 생명체들이 달라졌기 때문입니다. 입 냄새는 입에 정착한 세균들에 따라 달라집니다. 특히 휘발성 유황 화합물volatile sulphur-compounds을 만들어내는 세균들이 혀 뒤쪽에 서식하는 경우는 심한 구취가 나기 마련입니다. 갓 태어난 아이의 입 속에는 세균이 거의 없습니다. 그야말로 무균상태의 청정지대라고 할 수 있습니다. 세균들의 입장에서 본다면 황량한 미개척지라고 할 수 있겠지요.

이곳에 처음 정착하는 세균들은 젖산균Lactobacillus과 비피더스균 Lactobacillus bifidus입니다. 이들은 엄마 젖꼭지에 살다가 이내 젖을 빠는 구강으로 옮겨 옵니다. 그 뒤를 이어 엄마의 입과 손에 살던 균들이 속속 아이의 입 속으로 들어와 살게 됩니다. 스트렙토코쿠스 살리바리우스균Streptococcus salivarius, 스트렙토코쿠스 오랄리스 균S. oralis, 스트렙토 코쿠스 미티스 균S. mitis 등이 하나 둘 구강 점막에 정착합니다. 이렇게 구강에 진입하여 번성하는 정상적인 세균들은 악성 균주의 침입을 억제하는 데 어느 정도 기여합니다.

유아기 중반이 지나면 입안에 100종이 넘는 균들이 살며, 많게는 500종 이상이 되기도 하고 총 세균의 수는 100억 마리가 넘습니다. 입안에는 타액과 음식찌꺼기를 기반으로 하는 미생물 생태계가 형성되는 것입니다. 이렇게 구강이라는 거대도시에 시민들이 가득 들어차고 나면, 그곳에서는 바쁘고 분주한 일상이 시작됩니다. 그 과정은 평생 동안 아이의 삶과 함께합니다.

신생아의 피부 역시 태어날 당시에는 어떤 세균도 존재하지 않습니다. 자궁이 아기를 위해서 철저하게 위생관리를 한 탓이지요. 아기의 피부에는 생후 두 시간부터 세균의 수가 기하급수적으로 증가합니다. 표피포도상구균Staphylococcus epidermidis을 필두로 새로운 균들의 입주가 시작됩니다. 생후 2시간째에 피부세포 하나당 3~16마리의 균이 보이던 것이, 48시간이 지나면 피부 1cm²당 1만 마리, 6주 뒤에는 10만 마리에 달합니다. 그 천사 같은 아이의 포동포동한 피부에 엄청난 양의 세균이 우글거리는 것이죠.

흥미로운 것은 표피의 이런 세균들에게도 나름대로의 어떤 역할이 있다는 사실입니다. 특히 피부와 장내의 세균들은 그들이 이뤄놓은 미생물생태계로써 나쁜 균들의 침입을 억제하기도 합니다. 코리네균Corynebacterium은 사타구니와 목과 발가락 같은 습한 부위에서 자라는데, 피부질환을 일으키는 진균들과 경쟁합니다. 코리네균이 번성하면 무좀이라고 불리는 트리코피톤Tricophyton이라든가 칸디다Candida 같은 곰팡이가 서식할 확률이 적어지는 것입니다.

동물의 체내에서 만들어져 다른 개체를 자극하고 행동의 변화를 유도하는 호르몬을 페로몬Pheromone이라고 합니다. 같은 종끼리 의사소통에 사용되는 화학적 신호라고 할 수 있는데, 겨드랑이에서 형성되는 것으로 알려진 인간의 페로몬은 겨드랑이 땀을 이용하여 코리네균이 만들어냅니다. 인간의 겨드랑이에 무위도식 기생하는 줄만 알았던 세균이 심지어 이성의 행동 변화에까지 영향을 미친다는 것은 정말 놀라운 사실입니다.

여성 질 내의 젖산균들은 가임기가 되면 그 수가 많아집니다. 이들은 글리코겐을 젖산 발효시킴으로서 pH(수소이온지수)를 낮추어 질 속으로 들어오는 장내 세균과 곰팡이의 성장을 억제합니다. 장차

생길지 모르는 새 생명을, 미생물들이 보호하고자 노력하고 있는 셈
이죠.

구강과 소화관에 있는 균들도 마찬가지로 몸을 보호하는 활동을
합니다. 몸에 번성하는 세균들의 긍정적인 역할을, 여기 항생제 치
료 과정에서 역설적으로 볼 수 있습니다. 폐에 세균이 침입하여 정
착에 성공하면 폐렴이 생기게 됩니다. 그러면 세균을 잡기 위해서 항
생제 치료를 해야죠. 항생제 치료를 받는 환자들을 보면, 항생제가
장내에도 영향을 미쳐 장내 세균을 감소시키고 억제합니다. 그러면
그동안 정상세균총Normal bacterial flora[21]과의 경쟁에 밀려서 억눌려 있
던 병원성 미생물들이 자라나고 이 결과 장염을 일으키기도 합니다.
클로스트리디움 디피실 균Clostridium difficile에 의한 위막성 대장염
Pseudomembranous colitis이 대표적인 경우입니다. 이런 경우 항생제 치료
를 종료하면 정상세균총이 다시 회복되면서 장염이 소실됩니다. 정
상세균총의 역할을 보여주는 대표적인 경우라고 할 수 있습니다. 항
생제 치료 후 설사와 복통의 고통을 당하셨다면 대장균의 필요성을
몸소 체험했다고 보면 됩니다. 미생물학자 미플스는 정상세균총의
역할을 다음과 같이 말했습니다.

---

21 숙주(인간)의 점막 및 피부에 장기간 상재하는 세균 집단으로 숙주와의 사이에 조화를 이루며 외계
에서 오는 병원균을 막는 방어기구 역할을 해준다.

Contemplations on the Body
몸 묵상

"병원성 미생물이 끊임없이 피부 위에 내려앉지만, 가장 부적합한 환경을 만난다. 피부의 '자가 소독' 능력은 피부 자체의 성질이 아니라 잘 발달된 생태계 덕분에 발휘되는 특징으로 보인다."[22]

우리 몸에 대해 이야기한다고 해놓고는 온통 세균 이야기만 했네요. 세균에 대해 지나치게 긍정적인 이야기들만을 나열한 것 같기도 하고요. 물론 저는 미생물 옹호론자가 아닙니다. 다만 '미생물은 곧 병원균'이라는 흔한 생각은 미생물의 가치를 현격하게 폄하하는 것임을 지적하고 싶습니다. 위생환경이 많이 개선되며 질병 유병률이 현저하게 줄어들고, 항생제의 개발이 전염성 질환으로 인한 사망률을 줄였음을 우리는 알고 있습니다. 그럼에도 어쩌다 만날지 모르는 병원성 미생물의 공격에 대비하며 우리와 함께 먹고 숨 쉬고 우리 삶을 지탱해주는 미생물들에 대한 감사를 잊어서는 안 되겠습니다.

미생물은 개체수로 볼 때 인간의 세포보다 많습니다. 피부와 겨드랑이와 머리카락의 모공과 장내에 존재하는 미생물들의 개체 수는 우리 몸을 이루는 진핵세포들의 그것을 압도합니다. 인간 몸의 세포수가 100조 개라면 그 중 80~90%는 우리 몸에 기생하는 세균 등 미생생물이라고 하죠. 이 압도적인 숫자를 자랑하는 다양한 미생물들 없이 인간의 몸은 존재할 수 없습니다. 엄마와 아빠의 생식세포

---

22 『좋은 균, 나쁜 균』 68쪽에서 재인용.

수정과 유전자의 결합만으로는 온전한 인체를 이룰 수 없습니다. 개체수로 보나 역할로 보나 미생물들은 나의 몸에 기생하는 기생물이 아닙니다. 그들은 내 삶의 조력자들이고 크게 보면 나의 일부라고도 할 수 있습니다.

현미경을 눈에 대고 '나는 무엇인가?'라는 질문에 대답하려면, 이 미생물들을 빼놓을 수 없습니다. 미시적 관점에서 인체는 하나의 미생물 생태계입니다. 미생물들의 관점에서 인간은 미생물로 뒤덮인 거대 행성이나 다름없습니다.

인간의 세포 자체가 미생물들의 공생에서 진화되었다는 점을 기억할 필요가 있습니다. 진핵세포의 다양한 세포대사 경로 역시 수억 년에 걸쳐 미생물들이 실험해왔고 완성시킨 결과물입니다. 존재한다고 말하기조차 어려울 정도로 작은 존재지만, 미생물은 '나'라는 각성을 떠받치고 있는 세계입니다. 이들은 나의 의식과는 상관없이 일하고 있으며, '나'라는 각성이 있기 훨씬 이전부터 존재해왔습니다. 그리고 지금도 하루하루의 삶을 나와 함께 일구어갑니다.

Life in Deep Time and Universe,

심원한 시간과 광대한 공간 속의 생명

3

21

호흡의 기원

지구상에 살아 있는 동식물들의 종류와 모양은 천차만별이죠. 심해 깊은 곳에서부터 높은 하늘을 나는 새들까지, 우리가 알고 있는 생명체들은 셀 수 없이 다양합니다. 지금 이 순간에도 저는 수많은 생명체들에 둘러싸여 있습니다. 창밖으로 바람에 부대끼는 나뭇잎, 쩍쩍 지저귀는 새들, 컴퓨터 자판을 두드리는 손가락 끝의 수천 마리의 세균들. 모두 생명체입니다.

생명이란 무엇일까요? 생명체들은 그 모양과 크기와 색감의 어마어마한 차이 이면에 여러 가지 공통점들을 가지고 있습니다. 하나는 모두가 세포로 구성되어 있다는 점입니다. 또한 세포 안의 대사 메커니즘도 상당 부분을 공유하고 있다는 점, 모든 세포가 유전물질을 가지고 있다는 점도 공통점입니다. 학자들은 생명의 이런 공통점들을 무생물과 비교하여 설명합니다. 물질대사metabolism, 항상성homeostasis, 생식reproduction, 적응adaptation, 호흡respiration 등이 그것입니다. 생명체를 한 단어로 정의한다는 것은 아무래도 불가능한 일이겠지요.

이 단어들 중에서 저는 '호흡'을 가장 좋아합니다. 호흡의 매력은 과학적 디테일에 있습니다. 과학이 들려주는 설명을 듣다 보면, 콧구멍이야말로 대단한 매력이 집중된 장소가 아닌가 하는 생각까지 드니까요. 호흡은 깊이 있는 '몸'의 존재방식을 다양한 측면에서 보여줍니다.

첫 번째로 호흡은 ('숨 쉬는 몸'에서 보았듯) 하늘과 땅이 우리 몸과 세트로 이루어져 존재함을 증명해줍니다. 호흡은 하늘의 것과 땅의 것이 만나는 은밀하고도 분주한 현장에서 이루어집니다. 하늘과 땅이 몸을 위해 이미 준비되어 있었다는 것입니다.

두 번째로 호흡은, 이것은 먹는다는 행위에서도 찾아볼 수 있는 가치인데, 생명이 지상의 다른 생명체와 물질적으로 연결되어 있음을 증명해줍니다. 나의 호흡에 사용되었던 대기, 나의 세포대사에 사용 후 배설되는 이산화탄소는 지금 이 순간에도 녹색식물의 자양분이 되고 있습니다. 호흡에 사용되는 물질들은 지금 이 순간에도 끊임없이 너와 나, 우리와 그들의 몸속을 드나듭니다. 콧구멍은 나를 지탱하는 세계와의 접선장소이면서 동시에 다른 생명체들과 몸을 나누는 창구이기도 합니다. 호흡은 공간적으로 나의 몸을 초월하며 시간적으로도 100년이 채 안 되는 우리의 삶을 초월합니다. 천문학자 할로 새플리Harlow Shalpley는 말했습니다.

"당신의 다음번 호흡에는 간디가 긴 생애 동안에 들이쉬었던 아르곤 분자들 가운데 40만 개 이상이 들어가게 된다. 아르곤 분자들은 최후의 만찬 대화 현장에서부터, 얄타회담 외교관들의 논쟁 석상에서부터, 고전 시를 낭송하던 곳들에서부터 여기까지 와 있다."[23]

지금 우리의 호흡에 예수와 제자들이 마셨던 탄소 분자들이 섞여 있으리라고 상상해도 무리는 아닌 것이죠. 호흡은 동시대의 생명체들과 과거를 살다간 생명체들과의 시공을 넘어서는 연결을 가능하도록 해줍니다.

마지막으로 호흡의 중요한 장점이 있다면, 이 모든 것들을 실시간으로 자각하게 해준다는 것입니다. 숨을 쉬는 행위는 밥을 먹는 행위와 달라서 하루 세 번에 몰아서 할 수 없습니다. 한순간도 쉼 없이 숨을 쉰다는 특징으로 인해 우리는 언제든 눈을 감고 집중해서 과거와의 교통, 세상과의 교통을 체험할 수 있는 것입니다.

숨을 쉬는 일은 언제부터 시작되었을까요? 호흡은 모든 생명체

---

23 레너드 스위트, 『관계의 영성』, IVP, 2011, 각주 39에서 재인용.

들의 공통적인 행위입니다. 세포 차원의 호흡 메커니즘은 앞선 '숨 쉬는 몸'에서 설명한 바 있습니다. 세포의 숨 쉬기는 양성자의 동력을 이용해서 에너지를 만들어내는 운동이었습니다. 생명체가 숨을 쉬는 것은 지구상에서 단 하나의 예외도 허락지 않는 기작입니다. 이러한 공통점은, 처음에 단 하나의 공통 조상이 있었음을 추측할 수 있게도 합니다. 처음으로 호흡을 시작한 작은 세포가 있었다는 것이죠. 호흡의 기원에 대한 가설은 생명의 기원을 설명하는 여러 가설 중 하나입니다. 따라서 이것은 검증 과정을 통해 보완되어야 하고, 또한 수정될 수도 있습니다. 다만 이야기의 핵심인 '생명 탄생이란 있을 법하지 않은 사건이며 시공간적으로 우주적 규모의 사건'이라는 점은 아마도 변하지 않으리라 생각합니다.

오래된 절터에서 이야기를 시작할까 합니다.

수덕사를 처음 찾은 날은 소나기가 내린 후였습니다. 비 온 직후여서일까. 대웅전을 바라보노라니 가장 먼저 눈에 들어온 것은 지붕이었습니다. 하늘에서 떨어지는 비를 대신 맞아주는 지붕. 상자 위에 거대한 책을 덮어놓은 듯한 목재 구조물은 단 한 방울의 빗방울도 허용할 리 없다는 듯 우람해 보였습니다. 그리고 처마 끝에서는 잠시 고였던 비가 방울져서 떨어지고 있었지요. 옆면이 아름답다기에 귀퉁이로 돌아갔더니 또 다른 풍경이 나왔습니다. 지붕 아래 나무기둥과 노랗게 칠해진 벽면의 색감 대조와 그 형태가 일품이더군요. 오랜 세월 비바람을 맞으며 버티기 위한 비법이 있는 것 같았습니다. 그 자체가 기능적으로 온전할 뿐더러 미적으로도 뛰어나야 허물어지지 않고 오랫동안 살아남을 수 있는 법입니다.

생명도 그렇지요. DNA의 이중나선 구조와 그것을 구성하는 염기는 단 4가지 알파벳으로 표기가 가능합니다. 온전하면서도 너무나 단순해서 아름답습니다. DNA가 아미노산을 정보화하는 방식, 그리고 단백질이 만들어지는 메커니즘 역시 처음 만들어진 후 한 번도 허물어지지 않고 보전되어왔습니다. 고집스럽도록 변형을 용인하지 않은 완고함에 어떤 숨겨진 미적인 가치가 있는 것일까요? 창조세계가 찬양해 마지않는 아름다움 말입니다.

수덕사 대웅전은 1308년 충렬왕 때 지어진 목조건물입니다. 700년이나 이곳에 서 있었다는 설명에 문득 궁금해지는 게 있었습니다. 목조, 즉 나무라는 재료에 대해서였습니다. 수덕사를 지은 나무는 저 700년 전에 뿌리가 뽑힌, 광합성 한번 못하는 상태로 죽은 생명체 아니겠습니까. 그런데도 그 나무로 지어진 집은 저렇게 살아서 비도 피하게 해주고 바람도 막아주며 살아 있다니.

가까이 가서 기둥을 살폈습니다. 특히 측면의 네모진 나무기둥은 세파와 비바람에 저항한 흔적을 역력히 드러내고 있었습니다. 색이 바란 채 갈라지고 마른 나무 결의 틈새로 세월의 바람이 드나드는 것이 보였습니다. 700년이라. 이 정도면 7000년은 버티기 힘들겠다는 생각이 들더군요. 언젠가 이 목재는 더 이상 지붕을 떠받칠 수 없을 정도로 가늘어지겠지요. 그리고 언젠가는 비바람이 이 공간을 자유롭게 드나들게 되겠지요. 세상에 엔트로피 증가의 법칙을 비켜갈 수 있는 존재는 없으니까요. 존재하는 모든 것들은 무질서한 방향으로 흩어지려고 합니다.

지구상의 생명 탄생을 설명하기에 앞서서 우선 대웅전의 탄생에 대해 생각해보려고 합니다. 웅장한 목조 건물을 지으려면 먼저 재료들을 모아야죠. 아름드리나무와 큼지막한 돌과 잘 구워진 기왓장들을 한 곳에 모을 것입니다. 네모지게 다듬어진 주춧돌로 네 귀퉁이를 만들고, 잘 다듬어진 목재 기둥을 그 위로 세웁니다. 기둥은 귀와 홈이 잘 맞아떨어지도록 중간에서 연결된 목재들을 매개로 만나고 그것이 벽면의 뼈대가 됩니다. 벽면이 세워지고 마지막으로 지붕의 뼈대가 세워지고 기왓장이 얹어집니다.

이 모든 과정은 저절로 일어날 수 없는 일입니다. 받침과 기둥과 지붕이 우연한 지각변동 등으로 정확하게 만날 가능성은 제로에 가깝습니다. 지구상에 최초의 생명체가 탄생하는 과정도 부분적으로는 흡사합니다. 첫째로 나무와 돌과 기와가 있어야 하듯이 생명의 원소들이 필요합니다. 결정적으로 복제 가능한 유전물질이 있어야 합니다. 둘째로 재료들이 모일 장소가 필요합니다. 재료들이 절터에 모여 있어야 작업이 시작되듯 생명활동에 필요한 원소들을 한 군데 모을 만한 격리 공간이 있어야 합니다. 작업 중에 재료들이 비바람에 쓸려가서도 안 되고, 건축물이 완공될 때까지의 상당 기간 동안 작업공간은 외부로부터 보호되어야 합니다. 셋째는 목수가 있어야 합니다. 목재를 세우고 기와를 올릴 수 있는 기술자이자 건축가가 필요한 것입니다. 수덕사보다 훨씬 정교하고 아름다운 생명체가 '진흙 덩어리가 스스로 빚어져서 만들어졌다'고 상상하는 것은 더욱 무모한 일입니다.

지금 설명하려고 하는 '호흡의 기원'은 위의 세 가지 조건 중에 두 번째, 세 번째와 관계가 깊습니다. 재료를 어떻게 준비했는지가 아니라 목수를 어떻게 구했는지입니다. DNA가 먼저인지 RNA가 먼저인지, 재료의 기원을 찾는 게 아닙니다. 요는 생명이라는 건축물을 짓는 목수를 찾는 것입니다. 그 힌트는 지구 생명체들 몸속 목수들의 일하는 방식에서 찾을 수 있습니다.

지구상의 모든 생명체들의 세포 깊숙한 곳에는 예외 없이 같은 방식으로 일을 하는 목수가 있다고 말씀드렸습니다. 그것은 '숨 쉬는 몸'에서 소개해드렸던 양성자 동력입니다. 양성자 동력은 처음에 어디서 어떻게 시작되었을까요? 그곳을 찾는다면 생명의 기원에 대한 일말의 실마리가 풀릴 수도 있을 것입니다.

1977년 미국 우즈홀해양연구소WHOI의 심해유인잠수정 앨빈 Alvin은 화산 활동을 관찰하기 위해 심해에 잠수했다가 뜻하지 않게 새로운 세계를 발견합니다. 바다 깊은 곳에서 분출하는 뜨거운 열수 주위로 거대한 굴뚝이 형성되었고 그 주위로 게, 새우, 대합, 홍합, 갯지렁이류, 어류 등 다양한 생물이 가득했던 것입니다. 해저 2km에 달하는 그곳의 평균 수온은 1~2℃이고 바닷물의 무게는 손바닥에 3톤 무게의 코끼리 두세 마리를 얹어놓은 것 같은 200기압 이상이었습니다. 게다가 햇볕은 전혀 들지 않았습니다. 상식적으로 생각할 때 어떤 생명체도 존재하지 않았어야 하는 지옥 같은 현장에, 무언가 살아 있는 생명체가 있었던 것입니다.

열수분출공Hydrothemal vent라고 불리는 이곳의 검은 연기는 해수가 지각 밑의 마그마에 의해 데워지면서 올라오는 황화분출물입니다. 해수는 마그마에 의해 뜨거워지면서 주변 암석에 들어있던 구리, 철, 아연, 금, 은 같은 금속성분들을 녹이고, 수온이 350℃ 이상 오르면 끓어오르면서 수증기로 변합니다. 그러면 해수에 녹아 있던 금속 성분들이 찬물과 만나 침전되고 쌓이면서 굴뚝을 만들고, 굴뚝은 시간이 지나면서 점점 높이 올라갑니다. 높게 쌓인 굴뚝의 끝에서는 여전히 검은 연기가 어둠속으로 사라지고, 굴뚝 주위에는 온갖 종류의 다양한 생명체들이 살아갑니다. 특히 리프티아Riftia라고 불리는 관벌레는 몸이 굴뚝을 닮았는지 길이가 3m까지 나가는데, 빛깔이 장미처럼 매혹적입니다.

이 발견의 충격은 대단했습니다. 햇볕 한 줌 없는 해저에 열대우림 지역보다 다양한 생명군락이 빽빽하게 형성되어 있었던 것이죠. 열수분출공 주변에는 과연 다른 심해 환경보다 수천 배나 많은 생물이 살고 있었습니다. 이후 과학자들은 최근까지 전 세계의 심해에서 300개 이상의 열수분출공을 발견했습니다. 또한 광합성 식물에 의존하지 않는 생태계가 존재한다는 것도 알게 되었습니다.

광합성이라는 생태계의 안전보장제도를 벗어나 생물이 살 수 있었던 것은 황세균이라는 1차 산업의 역군 덕이었습니다. 황세균은 열수분출공에서 뿜어져 나오는 황화수소를 산화시킴으로써 탄수화물을 만들었고, 이것이 지상에서 광합성을 통해 탄수화물을 만드는 녹색식물의 역할을 했습니다. 일부 과학자들은 황세균이 번성한 그 현장이 지속적이고도 안정적인 '생명의 목수'들을 대량으로 공급했다고 주장합니다. 또한 그 현장이 (위에서 제기했던 생명체 탄생의 두 번째 조건인) 격리된 공간도 제공했다고 주장합니다. 세포의 막 역할, 양성자 동력을 제공하는 역할을 모두 이 열수분출공이 해냈다는 것입니다.

생명 탄생의 장소를 심해 해저의 환경에서 찾는다는 것이 황당한 이야기로 들리실지 모르겠습니다. 그러나 생명 탄생이라는 역사적 사실을 어떤 황당함이나 경이로움, 신비함 없이 맨정신으로 받아들일 수야 있겠습니까. 거시적 우주를 지배하는 물리법칙에 비추어볼 때 사실상 생물체가 존재한다는 것 자체는 모순된 것처럼 보일 정도입니다. 생명 탄생을 과학적 언어로 풀어낸다는 것 자체가, 말로 설명할 수 없는 황당함과 놀라움의 표현과 다르지 않은 것입니다.

아무것도 없던 시절, 아무 생명력도 없는 원소들을 가지고 어떻게 생명의 절터에 생명의 건축물이 쌓아 올려졌을까요? 만일 과학이 그간의 추론을 근거로 고대의 환경을 재현해 적절한 조건을 만족시키는 환경을 만들어낼 수 있다면, 그 가설은 더욱 신빙성이 커질 것입니다. 빌 마틴과 마이크 러셀은 이처럼 열수분출공의 환경을 실험

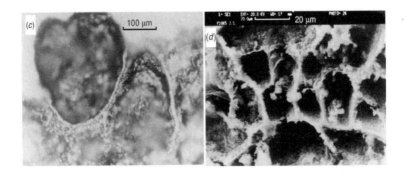

＊빌 마틴과 마이크 러셀이 재현한 원시세포(The Royal Society, 2002.)

그림 3-1

실에서 재현해서 위의 두 가지 조건을 만족시키는 결과물을 만들어 냈습니다.

먼저 러셀과 마틴은 초기 바다를 재현함으로써 철 - 황 막을 가지고 있는 원시세포를 재현했습니다. 그림 3-1은 2002년 『영국왕립학회지The Royal Society』에 실린 원시세포의 사진입니다. 황화수소가 분출되는 경계에 산화환원상태가 다른 조건만 갖춰지면, 철 - 황 막으로 둘러싸인 '막'이 형성된다는 사실이 발견된 것입니다. 열수분출공에서 분출되는 가스에는 풍부한 양의 황화수소가 함유되어 있습니다. 초기 지구의 바닷물 속에도 풍부한 양의 철이 들어 있었습니다. 뜨거운 가스가 분출되면서 생기는 가스와 바닷물 사이의 경계에는 거품이 만들어지고, 그것들은 원시 세포막과 같은 역할을 합니다. 실험적으로 만든, 철 - 황 막으로 둘러싸인 격리된 공간은 막의 역할과 동시에 막을 경계로 양성자 기울기를 제공합니다.

이 실험이 상상한 초기 지구의 환경을 위해서는 열수분출공의 환경 외에도 뜨거운 태양과 대양, 그리고 엄청난 압력으로 뜨겁게 유지되는 마그마가 필요합니다. 태양으로부터 오는 자외선은 바닷물을 분해하여 수소를 우주공간으로 날려 보냅니다. 그러면 바닷물은 산화되고 바다 밑 바닥의 맨틀은 상태적으로 환원 상태에 놓이게 됩니다. 바로 이 상태가 '원초적 일용할 양식'이라고 불렀던 '양성자 기울기'를 만들어내는 기본 조건이 됩니다.[24] 땅과 대양 그리고 지구

밖의 태양이 만들어내는 특별한 환경인 것이죠.

이러한 환경에서 철-황 막으로 둘러싸인 특별한 공간이 형성되면 이곳이 '수덕사를 만든 절터'가 됩니다. 그리고 철-황 막의 경계로 형성되는 양성자 기울기는 천연의 목수가 되는 것입니다. 이 가설의 장점은 철-황 막이 유기화학 반응의 촉매로도 사용될 수 있다는 것이고, 막의 내외부에 양성자의 농도차가 지속적으로 존재한다는 것입니다.

그들은 초기 지구의 조건을 실험실에서 재현함으로써 목수가 일을 할 절터를 만들었던 것입니다. 양성자 동력이라는 목수는 수덕사를 지었던 목수들보다 특별합니다. 그들은 자신의 건축물로 하여금 끊임없이 스스로를 보수하고 심지어는 복제, 증식할 수 있는 에너지를 제공함으로써 수천 년 아닌 수십억 년에 거친 생명의 역사를 유지해오고 있는 것입니다.

인간이 알고 있는 어떤 드라마보다 스펙터클한 이야기입니다. 그리고 감동적입니다. 곳곳에서 화산활동이 끊이지 않고, 운석이 수시로 충돌하던 시기의 초기 지구를 상상해보세요. 생명이 생기기는커녕 있던 목숨도 끊어질 판일 겁니다.

---

24 열수분출공에서 최초의 세포가 탄생했다는 가설에 대한 심도 있고 자세한 설명을 원한다면 닉 레인, 『미토콘드리아』, 김정은 역, (뿌리와이파리, 2009) 156~164쪽을 참고하기 바란다.

이 시기 생명의 탄생을 위해 태양과 지구는 하나의 전기화학적인 세포처럼 일을 하고, 수억 년의 준비 끝에 심해의 마그마가 끓어오르는 극한의 환경 속에 '최초의 아기'가 태어납니다. 맨틀과 맨틀의 경계, 바다와 지구 심부의 경계, 400℃의 유독가스가 끓어오르는 고난의 현장은 '최초의 아기'가 놓이는 '원시 말구유'가 되어줍니다. 태양과 지구와 바다와 맨틀과 마그마가 함께 어우러지는 우주적 사건인 것입니다.

무엇이 이 거대한 것들로 하여금 함께 일하도록 하였을까요? 역시 단순한 우연이었을까요? 과학적 유물론자들조차 이 생명 탄생 이야기를 엮는 과정에 뭔가가 있었을 것이라고 생각합니다. 그냥 우연이라고 치부하기엔 너무 신비로운 때문일지 모르겠습니다. 미생물학자 프랭클린 해럴드는 이렇게 말합니다.

"지구 전체에 흐르는 에너지의 거대한 물결이 오늘날 철학에서 주장하고 증명한 것들보다 생물학에서 훨씬 더 중요한 구실을 한다는 것은 의심할 여지가 없다. 아마 이 에너지의 물결은 생명의 진화를 허락했을 뿐 아니라 생명의 존재 자체도 가능하게 했을 것이다."[25]

과학적 유물론자들은 생명현상을 그들의 관점에서 설명할 수 있습니다. 최초의 우주 상태와 절묘하게 조절된 것 같은 물리적 상수

---

25 같은 책 163쪽에서 재인용.

를 볼 때 이미 초기 우주가 생명을 잉태하고 있었고, 거기에 더해 우연적 사건과 돌연변이와 장구한 시간이 생명의 탄생을 어떠한 목적도 없는 채 발생시켰다고 말입니다. 생명의 탄생에는 물리법칙 외의 어떤 초월적 손길도 필요 없는 것이지요.

그러나 아무리 초기 우주의 상태가 (생명체의 입장에서 보면 너무나 운이 좋게도) 세밀하게 조절되었다고 하더라도, 자연 속에 존재하는 그 거대한 규모의 것들이 유기적으로 협조했다는 것은 쉽게 이해할 수 없는 일입니다.

반대로, 초월적 유신론적인 관점에서도 그 나름의 생명 탄생을 이해할 수 있습니다. 지구 외부에 계시던 하느님이 미리 준비된 의도와 설계도면을 가지고 현장에 개입하셨다는 것. 창조주와 피조물의 관계를 윌리엄 페일리William Paley(1743~1805)의 유명한 논증처럼 시계와 시계공의 관계로 보는 것입니다. 페일리의 요점은 이렇습니다. 길을 가다가 시계와 같은 복잡한 물건을 주웠을 때, 시계는 우연히 거기에 자연 발생한 것이 아니라 누군가 지성적인 존재가 만들어 놓은 것이라고 믿는 편이 당연하다는 것. 하물며 시계에 비교할 수 없을 정도로 정교한 생명체는 말할 것도 없다는 것이지요.

이 주장은 시계 제작자가 시계 외부에 초월하여 존재해야 한다는 초월적 관계를 전제하고 있으며, 역사의 목적 또한 외부에 있음을 말합니다. 또 그러한 시계 제작자는 물리법칙에서 벗어나는 예외적인

Contemplations on the Body
몸 묵상

존재라는 점, 또한 이러한 관점이 오늘날의 과학적 설명 방식과 충돌한다는 점에서 설득력에 한계가 있습니다. 설계도면에 생명의 비밀과 미래가 이미 다 그려져 있다면, 그 과정에는 어떤 창조성도 있을 수 없을 것입니다. 모든 것은 예정된 결과고 앞으로도 목적대로 진행될진대, 창조적 미래에 대한 기대와 동경 같은 게 있을 수 있을까요?

그렇다면 유물론적 관점도 초월적 유신론적 관점도 아닌, 창조 사건을 바라보는 또 다른 관점이 존재할 수 있을까요? 과학과 충돌하지 않고, 오히려 보다 넓게 깊이 있게 세계를 이해하며 과학적 설명과 보완관계를 맺을 수 있는 관점.

존 폴킹혼은 이 지점에서 시선의 변화를 주문합니다. 하느님의 존재 흔적을 찾기 위해 물리세계를 둘러보는 게 아니라, 오히려 물리세계 속에서 사물들을 들여다보며 그것의 신비를 이해하기 위한 수단으로서 하느님의 존재를 고찰하는 시선 변화 말입니다. 우주 속 생명의 탄생을 진지하게 공부한다면 그것이 인간의 이성과 이해력을 넘어선 사건임을 인정하지 않을 수 없으며, 더 나아가 유신론theism이 세계를 이해하는 데 적절하고 풍요로운 근거를 제시해준다는 의미일 것입니다.

지구 심부와 바다와 태양이 함께 참여하여 생명이 발원할 만한 공간을 만들고 스스로 반응할 수 있도록 유도한 하느님은 설득하고 기다리시는 하느님입니다. 세포라는 건축물은 건축을 하고자 하는 힘이나 에너지 또는 열정이나 의지라고 표현해도 좋겠습니다. 건축물을 짓고자 하는 '의지'가 있었던 것이지 미래 정해진 설계도면이 있었던 것이 아닙니다. 따라서 건축물은 여러 가지 모양이 가능했던 것입니다.

그것은 끊임없이 탐색되어 왔고, 여러 가지 경우들 중 가능한 방식으로 건축되었습니다. 결정적인 순간에는 하늘과 땅이 하나의 유기체처럼 협력하기도 했습니다. 이러한 우주적 사건은 결코 (물론 우리의 관점에서) 쉽지 않았습니다. 그리고 그 과정은 하느님의 기대와 설득 속에서 오늘도 진행되고 있습니다.

세포의 탄생 이야기는 인간의 종교적 상상력을 유도합니다. 그 과정에는 우리는 우리가 모르는 (초월적 손길이 아니더라도 차마 이해할 수 없는) 또 다른 것이 우리 우주를 감싸고 이끌어준다는 것을 알게 됩니다. 자연현상의 이면에 신비와 거룩한 무엇이 있다고 생각하게 됩니다.

김경재 선생은 대자연의 탄생과 진화 속에서 하나님의 말씀을 듣게 된다고 말합니다.

"우주 대자연과 모든 피조물들이, 하나님의 존재 자체에 상응하여 하나님의 사랑과 자기 내어줌의 결과로서, 태초부터 하나님과 함께 그리고 하나님 안에 존재하고 있다고 기독교는 믿는다. 그러나 존재론적으로 말하면 하나님은 근원적 본성으로서 영원자요, 우주만물은 하나님의 결과적 본성으로서 영원자다. 성경을 통하여 문자적 말씀을 매개로 하여 하나님이 말씀하신다고 한다면, 대자연의 창조적 진화, 소멸, 새로움의 탄생, 생명의 질적 도약, 비참함 속의 아름다움 등을 통해서 하나님은 말씀하신다."[26]

과학자가 보는 "지구 전체에 흐르는 에너지의 거대한 물결"은 창조주의 사랑과 내어줌입니다. 그냥 '사랑'이 아니라 '한없이 정열적이고 집요하고 끈질긴 사랑'이라고 해야 더욱 정확한 표현일 겁니다. 그리고 그 사랑이 지금도 내 살갗 밑의 세포 하나하나 속에 있는 생명의 지성소를 통해 일하고 계신다고 믿습니다. 태초부터 계셨던 말씀이 '최초의 아기'가 탄생하는 거룩한 근거가 되었고, 바로 그 말씀이 지금 내 몸과 영혼을 휘감고 있다고 믿습니다.

---

26 김경재, 「요한복음과 도덕경. '태초에'」, (http://soombat.org)

22

시간을 머금은 몸

"하나님이 나를 지금 있게 하기 위하여 억 년을 하루같이 일
해오신 그 창조의 과정을 생각할 때, 내 몸이 두려울 만큼 숭엄한
것임을 느끼지 않을 수 없다."

– 장공 김재준

오래된 카메라에서, 그게 언제인지 제가 식사를 하는 모습이 담
긴 동영상을 우연히 발견했습니다. 하루 세 번 어김없이 반복되는 행
사건만 지난 영상을 통해 자신을 들여다보니 왠지 낯설더군요.

동영상 속 나는 열심히 밥을 먹고 있었습니다. 무척 배가 고팠는
지 허겁지겁 쉬지 않고 밥과 반찬을 먹어치우더군요. 나의 머리 – 가

습–배–팔의 구조는 마치 식사를 위해 고안된 기계 같았습니다. 카메라를 전혀 의식하지 않는 집중력은 차치하고라도 손과 팔, 그리고 손가락과 팔꿈치의 관절들은 뭔가를 집어 먹기에 딱 알맞아보였습니다. 관절의 방향은 안으로 굽어져 있었으며 (팔꿈치가 밖으로 굽어져 있지 않아 감사할 따름입니다.) 팔의 길이 역시 밥을 퍼 나르기에 딱 적절한 정도였습니다. 어깨에서 시작해 목과 가슴 사이에 적절하게 자리 잡은 팔의 위치도 훌륭해보였습니다. 팔이 머리 위에서 시작되었다거나 허리에서 돋아났다면 저렇게 자연스러운 식사 동작은 불가능했겠지요. 손목뼈의 유연성은 숟가락에 담긴 국물을 떨어뜨리지 않고 입으로 옮기는 데 효과를 발휘하는 듯했고, 목뼈는 3차원적으로 목을 가눔으로써 반찬이 떨어지기 전에 낚아채는 매우 고급스러운 움직임을 가능하게 했습니다. 깍두기를 씹을 때는 얼굴의 대칭적 균형이 여지없이 깨졌는데, 아래턱의 움직임이 매우 유연하여 정교한 저작운동이 가능하다는 의미였습니다. 잇새에 뭔가가 끼었는지 간혹 입술 언저리가 일그러지면서 칫칫 소리를 내는 장면은 우스꽝스럽기까지 했습니다. 영상 속의 그는 심지어 음식물을 입에 넣고 오물거리는 중에도 말을 했습니다.

"그만 좀 찍지?"

말을 하는 순간에도 바쁜 저작운동과 연동운동이 멋지를 않았습니다. 20세기 컴퓨터의 멀티태스킹 기능은 현대인의 발명품이 아니었습니다. 그것은 고대 밥상 문화의 형성과 함께 시작된 인체의 신비한 역동성이었습니다.

가장 경이로운 장면은 숟가락에 담긴 국물을 먹을 때였습니다. 국물이 오므린 입술 구멍으로 '후루룩' 빨려 들어갔는데, 입안에 적당한 음압이 걸려 있었을 것입니다. 횡경막의 수축으로 흉곽 전체에 걸린 음압을 이용했을 테지요. 호흡할 때 공기를 빨아들이는 데 쓰이는 음압을 된장국물을 빨아들이는 용도로 응용하다니. 너무 큰 압력이 걸리면 기도로 넘어가 사레가 걸리면서 심한 기침을 하게 될 것이고, 너무 작은 압력으로는 국물 맛도 보지 못하게 될 것입니다. 세지도 약하지도 않은 적절한 압력! 실로 정밀한, 전체적으로는 세련되고 아름다운 동작이었습니다.

동영상 속 제 자신의 새로운 발견을 통해, 인간의 몸은 식사를 잘하기 위한 방향으로 진화되지 않았을까 하는 생각이 들었습니다. 팔구조의 기원도 같은 측면에서 설명될 수 있지 않을까. 저는 이 가설을 '팔 구조의 식용 기원설'이라 이름 붙였고, 이것을 확인하기 위해 몇 가지 책을 주문하는 한편 인터넷 서핑을 시작했습니다. 그리고 오래지 않아 매우 만족스러운 대답이 담긴 고고학자의 설명을 접하게 되었습니다. 과학자들이 발견한 팔 구조의 기원을, 닐 슈빈의 저서 『내 안의 물고기』를 중심으로 간단히 소개해보겠습니다.

팔 구조의 기원을 찾아갈 때 먼저 주목할 것은 다양한 동물들에게서 발견할 수 있는 공통점입니다. 먼저 사람의 손바닥은 다섯 개의 뼈로 구성되어 있습니다. 그것은 자갈 뭉치 같은 손목뼈를 통해 두 개의 뼈인 요골과 척골로 연결되고, 이것은 다시 팔꿈치에 연결되어 하나의 상박골로 연결됩니다. 손바닥뼈 – 요골/척골 – 상박골의

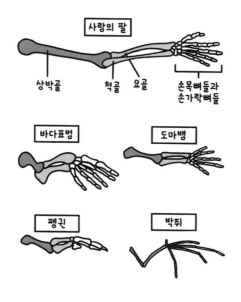

그림 3-2

개수인 5-2-1의 구조를 이루는 것인데, 이는 다리에도 똑같이 적용됩니다.

흥미롭게도 이런 구조는 대부분의 포유류는 물론 조류나 개구리와 같은 양서류에서도 확인할 수 있습니다. 한때 집에서 길렀던 거북이와 햄스터의 발가락이 다섯 개였던 것이 설명되는 순간이었습니다. 그런데 왜 6개나 7개가 아닌 5개였을까요? 발가락 개수가 모자라는 동물들, 이를테면 세 개의 말발굽은 다섯 개의 뼈 중 두 개가 퇴화된 것입니다. 다시 한 번, 왜 대부분의 동물이 이런 형태의 팔 구조를 가졌을까요?

조상이 같기 때문일 것입니다. 5-2-1의 구조를 가지는 동물들은 적어도 같은 조상을 가지고 있다는 뜻이며, 5-2-1 구조의 출현 이후 분화된 생명체들이라는 것을 말합니다. 고고학자들이 화석을 통해 발견한 바에 따르면 팔의 상박골 형태는 3억 8000만 년 전에 발견되었습니다. 손목과 손바닥의 초기 형태는 3억 7500만 년 전에 발견되었지요. 정교한 모양의 손과 손가락 모양으로 발견된 것은 3억 6500만 년 전의 일입니다. 5-2-1의 구조를 가진 지상의 동물들은 모두 3억 6500만 년 전의 조상들이 획득한 형질을 물려받은 후손들이라는 것입니다.

하지만 안타깝게도 저의 '식용 기원설'은 폐기할 운명이었습니다. 손과 팔의 형태를 진화시킨 장본인들은 물고기였던 것입니다. 최초의 팔과 다리는 밥을 먹는 도구가 아니라 헤엄치는 도구였어요. 그러면 유연하게 음식을 향해 움직이던 목뼈는 언제 형성된 것일까? 목뼈는 팔다리가 형성되고 나서 한참이 지난 2억 5천만 년 전 파충류의 화석에서 발견되었습니다. 그러니까 2억 5천만 년 전의 이전에는, 반찬을 먹든 밥을 먹든 얼굴을 돌리기 위해서는 상반신 전체를 돌려야 했습니다.

이처럼 인간이 가지고 있는 몸의 형태는 장구한 생명의 역사를 통해 하나하나 출현했습니다. 어느 날 불현듯 나타난 것이 아니라는 말입니다. 수저로 뜬 된장국물을 후루룩 마시는 일은 언제부터 가능했을까요? 아마도 생명체가 육지로 나와서 폐로 호흡을 시작한 이후일 것입니다. 3억 7500만 년 전에 발견된 물고기 '틱타알릭'은 물고기였음에도 불구하고 공기로 호흡을 할 수 있는 원시적인 폐를 지니고 있었습니다. 능동적으로 들숨을 쉬려면 폐에 대한 환기작업을 횡경막을 통해서 해야 하는데, 이 역시 먼저 시작한 생명체가 있었을 겁니다. 국물을 마시는 일은 지구역사상 가장 최근에 출현한 영장류에게나 가능한 일이었을 겁니다. 우물가에서 후루룩 물을 마시는 네발 짐승을 상상하는 것은 매우 어색한 일이니까요. 집에서 기르는 개나 고양이가 혀를 빠르게 움직여 물을 마시는 모습을 본 분들이라면 이해하실 겁니다. 숟가락으로 뜨거운 국물을 후루룩 떠 마시는 행위는 아무나 할 수 있는 능력이 아닌 것입니다.

헤엄치는 도구로서 팔의 구조가 형성된 뒤 그것이 밥 먹는 도구로 전용되기까지 걸린 수억 년의 시간을, 우리는 일상적인 감각으로 이해할 수 없습니다. 팔이라는 구조를 가진 생명체들이 나타났던 캄브리아기의 시간대를 우리는 이해할 수 없습니다. 더 나아가 숨 쉬는 생명체가 지구상에 나타났던 35억 년 전이라는 시간의 규모를 우리는 더더욱 이해할 수 없습니다. 그러나 '심원한 시간Deep Time'이라고 불리는 지질학적 시간대를 진지하게 생각한다면, 우리가 누리고 있는 몸의 가치를 새로운 차원해서 조명해 볼 수 있을 것입니다. 존 호트는 이렇게 말합니다.

"진화생물학은 하느님의 창조가 측량할 수 없는 엄청나게 긴 세대 동안 일어났음을 보게 함으로써 신학으로 하느님의 창조에 대한 의식을 확장하도록 할 뿐 아니라 우리가 생명의 길고 곧잘 고통스러운 여정을 더 깊이 느끼도록 만든다."[27]

심원한 시간 속에 일어난 일련의 이야기들을 통해, 세계와 생명에 대한 우리의 의식을 확장할 수 있는 것입니다.

지질학적 시간대에 있어 수천 년이란 시간은 찰나와도 같습니다. 지구의 역사를 1년으로 환산했을 때, 첫째 날 지구가 탄생하고 나서 인간은 365일째 되는 날의 자정 종소리가 들리기 몇 초 전에 탄생했

---

27 존 호트, 『다윈 안의 신』, 김윤성 역(지식의숲, 2005).

다는 비유는 꽤 유명합니다. 수십 만 년 전에 시작되어 오늘날까지 지속되는 호모사피엔스의 생존기간이 고작 몇 초에 해당한다니 지구의 역사를 이해하기란 얼마나 어려운가요.

진화적 관점에서 본다면 석기문명의 인간과 오늘날의 인간은 동시대인입니다. 오늘날 인간 문명의 역사 안에서도, 이 시간대를 이해한 것은 얼마 되지 않은 일이었습니다. 이것을 처음 이해하고 기술한 사람이 제임스 허튼James Hutton(1726~1797). 지질학적 시간대라는 유구한 시간을 발견했고 처음으로 이해한 사람이죠.

허튼에게 시간에 대한 상상력을 자극한 것은 지층이었습니다. 허튼은 지층에서 보이는 '부정합'에서 상상하기 어려웠던 시간대를 떠올렸습니다. 그림 3-3에서 보듯 부정합이란 수평적인 지층과 수직적인 지층이 만나는 곳을 말합니다. 그림의 부정합이 만들어지는 순서는 이렇습니다.

첫 번째, 물밑에서 퇴적층이 평탄하게 수평으로 쌓인다.

두 번째, 수평으로 쌓인 퇴적층이 지각변동에 따라 수직으로 곤추서며 해수면 위로 올라온다.(맨 아래 수직층)

세 번째, 이것이 비바람에 침식되고, 다시 지각변동으로 물에 잠긴다.

네 번째, 그 위에 다시 수평으로 퇴적층이 쌓인다.

다섯 번째, 수평으로 쌓인 퇴적층을 포함한 지역이 지각변동으로 해수면 위로 올라온다. 그제야 인간이 부정합을 발견한다.

지구가 지층의 형태로 가지고 있는 기억은 인간의 삶과 문명의 기억보다 훨씬 깊습니다. 부정합 속에는 세 번의 지각변동과 두 번의 퇴적이라는 사건이 들어 있습니다. 단 한 차례의 지각변동도 겪기 힘든 한계 연령을 가지고 살아가는 인간들에게 지층은 그것을 초월하는 개념을 선사합니다.

허튼의 부정합을 표현한 John Clerk of Eldin의 판화(1787)

허튼이 스코틀랜드의 제드버러Jedburgh에서 발견했던 부정합(2003)

그림 3-3

지층을 펼치면 오래된 과거의 이야기들이 솟아나는데, 그것이 화석입니다. 과거에 이 땅을 살다가 묻힌 생명체들이 지층 속에 자신의 골격을 남깁니다. 과학자들은 지층 속에 새겨진 윤곽에 근육과 피부를 입히고, 혈액에 온기를 넣어 3차원 공간 위에 재구성합니다. 지층과 화석이 땅속에 숨겨진 오래된 필름이라면 고고학자들은 그것을 꺼내어 초고속 영사기로 재생시킵니다. 그렇게 재탄생한 과거의 생명체들이 뛰고 날고 헤엄치는 이미지가 되어 지구와 우리 자신에 대한 이해를 더욱 풍부하게 해줍니다. 지층과 화석은 다가갈 수 없는 과거의 기억을 담고 있는 메신저입니다.

지층에서 보이는 시간대는 오늘날, 그보다 훨씬 더 장구한 시간의 일부가 되었습니다. 지층보다도 더 오래된 기억의 메신저가 발견된 것입니다. 그것은 바로 '빛'입니다. 달빛은 6초 전의 과거를 담고 있으며, 태양 빛은 8분 전의 기억을 담고 있습니다. 안드로메다 은하로부터 날아오는 빛은 200만 년 전의 기억을 담고 있습니다. 20세기 말의 인간은 우주로부터 날아드는 빛을 관측함으로써 137억 년이라는 우주적 시간대를 이해하게 되었습니다.

지층이 쌓이지 않았다면 과연 어떠했을까요? 시간이 흐르지 않았을까요? 그럴 리 없겠지요. 얕은 물가 어디에선가 퇴적물이 틀림없이 쌓이고 있을 테니까요. 그러면 다시 질문을 해보죠. 우주 어디에도 새로운 사건들이, 새로운 이야기들이 나타나지 않았다면 어떻게 되었을까요? 그럴 때 우리가 생각하는 시간이란 게 의미가 있었을까요? 시간의 존재가치가 있었을까요? 또는, 무엇을 가지고 시간의 흐름을 판단할까요?

현대 물리학에서 이미 증명했듯 '시간'이라는 독립된 실체는 없습니다. 시간은 변화가 나타내는 궤적을 말할 뿐입니다. 변화가 없으면 시간이란 것도 없습니다. 핵심은 시간이 아니라 변화입니다. 끊임없이 발생하는 새로운 변화. 새로운 이야기가 꼬리를 물고 이어진다는 것입니다. 산발적으로 반복되는 것이 아니라 방향성을 가진 이야기가 흐름을 탄다는 겁니다. 오늘의 이야기에 내일의 이야기가 더해지면서 시간의 흐름이 생깁니다. 이처럼 우주가 서사적 성격을 띠고 있습니다.

우주는 사물들의 무작위적, 무시간적인 집합이 아닙니다. 허무주의는 우리의 우주와는 어울리지 않습니다. 거창하게 갈 것 없이 내 몸을 봐도 그렇습니다. 이 몸은 유한하지만 찰나 같은 시간대를 살다가 사라지는 허망한 존재는 아님을 서사적 우주가 말해줍니다. 지금의 '나'는 나보다 앞서 진행되어온 수많은 이야기들의 결과이자 미래로 가는 과정입니다.

나의 팔 구조는 3억6천만 년 전쯤에 형성되었습니다. 내 몸의 구조들 역시 마찬가지의 역사를 가지고 있습니다. 생명의 역사를 통해 하나씩 출현되어 온 것입니다. 내 몸은 유구한 시간의 열매입니다.

따라서 시간은 '몸'에 새로운 가치를 부여합니다. 바로 '기다림'입니다. 우리의 짧은 삶은 유구한 시간대를 거치면서 갈고 닦는 기다림의 과정을 통해 이루어지는 것입니다. 짧은 삶 속에 유구한 시간이 깃들어 있습니다. 이것을 장공 김재준은 "모든 과거가 지금의 내 안에 압축되어 불붙고 있다"고 말합니다.

"내가 한 '인간'이 되었다는 것은 창조 이래 몇 억만 년 전부터 고투하며 발전해온 생명의 모든 과거가 지금의 내 안에 압축되어 불붙고 있다는 것을 의미한다. 나는 진화의 초점에서 불타고 있는 생명의 빛이다. 이후에도 이 과정은 계속될 것이다. 나는 다음 세대를 위해 더 높고 풍부한 생명의 원천을 제공해야 한다."[28]

---

28 김희헌, 『하나님만 믿고 모험하라』(너의오월, 2013).

우연은 존재를 가볍게 하는가?

저의 어머니는 대전에서 출생하여, 대전 인근에서 농사지은 쌀과 각종 농산물로 하루 세 끼를 드셨고, 대전 지역에 거주하던 선생님 들이 계신 학교를 다녔으며, 졸업 후에는 대전 근방 보건소에서 간 호사로 일했습니다. 대전을 떠나 타지에서 살아갈 하등의 이유가 없 었던, 그야말로 대전 사람이었습니다. 보건소에서 일하던 시절, 어 느 날 상급자가 무심코 던진 말이 어머니의 귀에 꽂혔습니다.

"원주에 병원이 하나 생긴다던데?"

원주에 기독병원이 세워진다는 구직공고가 신문에 실렸던 것입 니다. 안 그래도 보건소 생활이 무료하고 시시하던 참에, 어머니는 고민할 새도 없이 짐 보따리를 싸 들고 생전 처음 '원주'라는 도시로 향했습니다. 우연이건 필연이건, 누군가 거주지를 옮기는 것이 그다지 대수로운 일은 아니죠. 하지만 그로 인해 인생의 배우자를 만나게 된다면 문제가 달라집니다. 어머니가 원주기독병원에서 간호사 일을 시작한 지 몇 년 되지 않아, 한 남자가 우연히 결핵에 걸려 병원을 찾았습니다.

모든 병이 그렇지만, 특히 감염 병이 발생하려면 선제적인 몇 개의 조건이 '우연히' 만족되어야 합니다. 병원균, 전염 경로, 숙주의 면역 상태 등 세 가지가 그것이죠. 결핵이라는 폐병을 일으키는 결핵균이 누군가의 폐에서 떨어져 나와 바람에 실린 채 그 남자의 코로 들어갑니다. 그는 영양상태가 안 좋았던 모양으로, 결핵균은 5% 가 채 못 된다는 성공률을 이겨내고 폐 속에 안착하여 번성합니다. 정말 운 좋은 녀석들이었습니다.

폐포 속에서는 대식 세포 등 면역세포들과 결핵균들의 전쟁이 벌어졌고, 균과 면역세포들의 사상자들이 쏟아져 나오면서 기침과 객담이 심했을 것이고 열도 났을 겁니다. 전쟁은 엄청난 에너지를 소비하죠. 체력도 떨어지고 체중도 줄었을 겁니다.

결국 남자는 원주기독병원에 입원치료를 하게 됩니다. 그러던 중 우연히 병동 간호사였던 어머니를 만나게 됩니다. 후에 두 분은 결혼에 이르고, 그 남자는 저의 아버지가 됩니다. 두 분의 만남에 기여한 우연들은 너무나 많습니다. 우연들이 중첩된 결과로서 제가 태어났으니, 저 또한 우연의 자녀죠.

제 아이들의 운명에도 우연한 만남이 필요했습니다. 학생시절 인권단체 포스터 전시회에서 우연히 만난 어떤 여성. 그녀를 다시 만난 것은 몇 년 후 어느 병원 입구에서였습니다. 의대실습생과 환자 보호자라는 신분이었지요. 우연한 만남을 지속적 만남으로 바꾼 제 첫 마디 말은 참 진부하고 변변찮았습니다.

"저어, 우리 지난번에 한 번 보지 않았던가요?"

그 만남이 지속되어 결혼을 했고 혜준이와 영준이가 세상에 태어났으니 삶이란 게 참 우연스러운 것인가 봅니다. 따지고 보면 셀 수 없이 우연들이 나의 삶을 떠받치고 있으며, 나 역시 우연한 만남들을 통해 미래를 만들어가고 있습니다.

우연의 반대는 필연입니다. 요컨대 '우연히 만났다'는 건 못 만났을 가능성 또한 충분했다는 부정적 의미를 내포합니다. 반드시 일어날 일은 아니란 것이지요. 또한 꼭 필요한 일이 아니라는 의미도 되고요. 1960년대, 어머니의 상급자가 그 말을 조금만 늦게 하거나 빨리 해서 어머니가 스쳐가듯 알아듣는 타이밍을 놓쳤다면, 하필 그날따라 어머니가 보건소의 일에 무료함을 느끼지 않았다면, 이 모든 것들이 달라져 있을 겁니다. 결핵균이 하필이면 아버지 옆 사람의 코로 들어갔다면, 병원에는 다른 사람이 입원을 했을 것입니다. 그렇다면 제 유전자 반쪽은 없어졌을 것입니다.

어쨌거나 결핵균은 저와 인연이 깊은 모양입니다. 과거에는 제 탄생에 우연한 조력자가 되어주었고, 지금은 제가 결핵환자를 치료하는 호흡기내과 의사로 일하고 있으니 말이지요. 어쨌거나 참 묘한 일입니다. 우연이 우리 존재 자체를 가볍게 만드는 것 같으니.

인간은 4억 마리의 정자 중 하나가 선택될 확률 속에 태어납니다. 수정의 순간에 머리를 먼저 난자에 들이박는 정자가 미리 선택되었을 가능성은 없어 보입니다. 앞서거니 뒤서거니 하다 우연히 운 좋은 녀석이 당첨되는 것이죠.

백악기 말까지 번성하던 거대 파충류를 멸종시킨 것은 6500만 년 전 멕시코 유카탄 반도에 떨어진 지름 10km의 돌덩어리였습니다. 공룡의 멸종으로 인해 포유류가 번성할 수 있었으므로, 인간이라는 종의 탄생에 큰 기여를 한 것은 바로 그 돌멩이였다고 할 수 있겠습니다. 예의 운석이 지구에 충돌한 건 더할 나위 없는 '우연'이었습니다.

생명의 다양성은 돌연변이에서 비롯합니다. 돌연변이로 인해 새로운 형태의 생명체가 출현하고 자연선택에 의해 걸러지기도 하고 보존되기도 합니다. 돌연변이 역시 미리 계산된 결과가 아닌 우연입니다. 지구상에 존재하는 생명계가 우연적 사건에 크게 기대고 있음은 부인할 수 없는 것처럼 보입니다.

우연을 어떻게 바라봐야 할까요. 자크 모노는 그의 저서 『우연과 필연』에서 말합니다.

"인류는 자신이 우주로부터 우연히 발생하여 냉혹한 우주의 광대함 속에서 홀로 존재한다는 것을 마침내 깨닫게 되었다."

누구의 도움도 없이 행복한 우연에 의해 여기까지 왔다는 것입니다. 어찌하다 보니 물리법칙과 물리상수들이 조정되었고, 어찌하다 보니 가스가 뭉쳐 별이 되고 무거운 원소들이 형성되고, 어찌하다 보니 지구라는 작은 행성에 꼬물거리는 생명체들이 득실거리게 되었습니다. 우린 어찌하다 보니 생긴 인생들이라는 것입니다. 거기에는 어떠한 목적도 지향도 찾아볼 수 없습니다.

그러나 우주의 역사를 꼭 그렇게 봐야 할까요? 우연성이라는 것을 꼭 그렇게 이해해야 할까요? 과학이 밝혀낸 우연성에 대해 다른 해석도 있을 수 있습니다. 지금 소개하는 해석이 더 합리적이라고 저는 생각합니다. 우연의 이면에 더욱 심오한 무엇이 있다는 것입니다.

아서 피콕은 우연을 "보이지 않는 다양한 가능성들을 훑어보는 신의 레이더"라고 표현했습니다. 유신론자였던 그에게 하느님은 즉석에서 춤을 구상해내는 안무가, 또는 즉흥연주를 하는 작곡가와 같은 분이었습니다. 진화는 지금도 진행되고 있는 창조 과정이며 신의 열정은 세계 속에서 보다 복잡한 생명체의 출현을 통해 나타납니다. 창조와 변화 속에 발생하는 사건들은 미리 결정된 계획이 있는 것이 아닙니다. '그럴 수도 있고 그렇지 않을 수도 있는' 가능성 또는 예상치 못했던 전혀 다른 상황이 발생할 수도 있는 것입니다. 이 가능성들을 탐색하는 것이 '우연'입니다.

진화과정에서 복잡한 고등생물이 만들어지고, 다양한 몸의 형태가 만들어지는 과정은 이전 과정에서는 상상할 수 없었던 새로움입니다. 이것을 가능하게 한 것이 우연이라는 것입니다. 우연은 물질이 만들어낼 수 있는 형상들의 범위를 탐색하는 하나의 방법인 것입니다.

가톨릭 신학자 존 호트는 "우주의 역사 속에서 보이는 우연성이 신학적 사색의 비옥한 장을 열어준다"고 말합니다. 우주는 세 가지 특징인 우연성과 불변성 그리고 심원한 시간deep time의 세 가지 조합으로 인해 더욱 풍성한 미래를 열어왔습니다. 진화의 과정은 유기적 통일성과 정합성을 갖는데, 여기에 우연적 사건들이 더해져 진화의 핵심 요소인 새로움novelty으로 나아가게 합니다.

"약속에 대한 신의 충실성은 언제나 그리고 어디서나 우연에서 솟아나는 새로움과 깊이 연루되어 있을 뿐 아니라, 이들을 통해 창조적으로 작용한다. 이러한 신적 현존은 조작이 아니라 설득으로 이해되어야 한다. 그리고 그것은 세계가 창조적으로 나아가는 과정에서 함께 고통 받고 분투하는 현존이다."[29]

여기 우연에 대한 또 다른 신학적 해석이 있습니다. 존 폴킹혼은

---

29 존 호트, 『다윈 안의 신』, 김윤성 역, (지식의숲, 2005).

우연을 '자유의 상징'이라고 말합니다.

"연속적인 창조는 그 과정 안에 창조물들의 자유를 허락한다. 그 결과, 역사가 진행하는 과정에서 수많은 것들이 '우연'에 의해서 생겨난다. 나는 인간이 다섯 손가락을 갖도록 처음부터 결정되어 있었다고 믿지 않는다. 그저 결과적으로 그렇게 되었을 뿐이다. 하지만 나는 자각하는 능력이 있고 경배할 줄 아는 존재들이 우주 역사의 과정에서 우연히 생성되었다고는 결코 믿지 않는다. 우주는 창조주에 의해서 인도되는 풍성함을 부여받았다. 또한 그 자신의 독특한 방식에 따라 풍성함을 실현할 수 있는 능력을 허락 받았다. 우연은 눈먼 무목적성의 상징이 아니라 자유의 상징이다."[30]

이것은 우리 삶에도 적용할 수 있을 것 같습니다. 우리 인생이 전적으로 유전적으로 결정되어 있다면 희망과 가치를 위한 노력과 모험이란 없을 것입니다. 우리의 존재가 '우연'한 사건에 전적으로 좌우된다면, 우리는 삶의 가치와 희망을 찾기 힘들 것입니다. 그러나 우연성들은 선택을 통해 걸러지고 보존되고 때로 새로움을 창출합니다. 마치 돌연변이로 인한 새로운 형질이 환경의 압력에 의해 소실되거나 보존되는 것과 같습니다.

우리 삶 속 '우연'한 만남과 사건들은 우리의 '자유의지에 의한

---

30 존 폴킹혼, 『쿼크, 카오스, 그리고 기독교』, 우종학 역, (SFC출판부, 2009).

Contemplations on the Body
몸 묵상

선택'에서 새로움을 낳습니다. 우리의 일상은 우연으로 점철되었을 지라도 결코 가볍지 않습니다. 섬돌 밑 귀뚜라미 소리는 청년 김경재를 신학의 길로 안내했지요. 야곱이 브니엘 체험을 한 것은 특별한 곳이 아니라 얍복 나루라는 일상의 한가운데였습니다.

우연한 사건 속에서 사람들은 섭리를 발견하고 그것에 응답하여 선택을 합니다. 그로부터 출발한 편차가 미래에는 엄청나게 다른 결과를 가져오기도 합니다. 강줄기의 새로운 지류가 처음에는 조그맣게 갈라지더니 시간이 지나면서 강의 흐름 자체를 뒤바꿔 놓는 것과 같은 이치죠. 섭리에 대한 선택과 응답은 지금 이 순간, 지금 이 우연한 만남들을 어떤 시각으로 바라보느냐에 달려 있습니다.

24

위대한 랑데부

이번에도 어떤 커플의 만남과 사랑에 대한 이야기입니다. 둘의 만남도 틀림없이 우연이었을 겁니다. 우연한 만남이 사랑하는 연인 관계로 발전하고 더 나아가 함께 사는 동반자가 되었다는 해피엔딩 이야기. 때는 대략 22억 년 전입니다. 지구 위에 놀이동산 같은 게 있을 리 없고, 연애라고 해봐야 서로의 먹을 것을 챙겨주는 정도가 전부였던 시절이었죠. 그때는 사랑이 단순했어요. 사랑이란 서로의 밥그릇을 챙겨주는 것이었습니다. 단순하고 소박한 관계였지만, 오늘날도 그렇듯 사랑이 성공에 이르는 경우는 많지 않았습니다. 둘이 좋은 관계를 갖다가도, 힘의 균형이 깨지거나 균형을 지켜주던 환경이 변하면 남남으로 갈라서거나 어느 한쪽이 다른 한쪽을 먹어버리기

십상이었으니까요.

　이 둘이 사랑의 결실을 맺고 동거를 시작합니다. 그리고 얼마간의 시간이 지나면서 몸과 몸이 융합하는 합병, 하나가 다른 하나의 몸속으로 들어가 서로의 유전자를 교환하고 자손을 함께 낳는 관계가 되었습니다. 그 사랑이 얼마나 아름다웠을까요? 그들이 감당했을 고난으로 저울질한다면 가히 우주적인 사랑이었습니다. 후손들의 수를 헤아려보자면 우주에서 가장 황홀한 사랑이었습니다.

　타임머신을 타고 50년 전으로 돌아가 대전에 살던 어머니와 원주에 계시던 아버지의 만남을 방해한다면, 현존하는 자손 10여 명이 지구에서 자취를 감추겠죠. 영화에서 보듯, 사진 속 빛바랜 인물들이 하나둘씩 사라져가겠죠. 그들이 지상에서 맺어온 인연과 관계와 추억의 흔적까지도. 이럴진대, 성능이 월등한 타임머신을 타고 수십억 년 전 그때로 되돌아가, 오늘 말씀 드릴 최초의 커플이 못 만나도록 방해한다면 지금의 지구는 아마도 개미 한 마리 보이지 않는 잿빛 세상이었을 것입니다. 둘의 만남은 지구상 모든 다세포생물들을 탄생시킨 아담과 이브의 위대한 랑데부였습니다. 진핵생물의 출현이 바로 이 만남에서 비롯되었습니다.

　주지하다시피 생명의 목수(양성자 동력)가 일하는 방식은 모든 생명체들에게서 똑같지요. 그래서 과학자들은 지구 역사상 언젠가 '단 한 번의 생명 탄생'이 있었음을 추론합니다. 마찬가지로 모든 다세포생물들이 진핵세포로 이루어져 있다는 사실에서, 다세포 생명체가 탄생하기 위한 '단 한 번의 만남'이 있었음을 추론할 수 있습니다. 어째서 단 한 번인가 하면, 우연히 반복되기에는 너무도 힘들고 어려운 일이기 때문입니다. 초기 지구의 바다에서, 도대체 얼마나 귀한 데이트가 있었던 것일까요?

위대한 랑데부의 주인공은 메탄 생성 고세균과 알파프로테오 박테리아입니다. 편의상 메탄 생성 고세균은 Archea(고세균)의 'A'로, 알파프로테오 박테리아는 Bacteria(박테리아)의 'B'로 표기하겠습

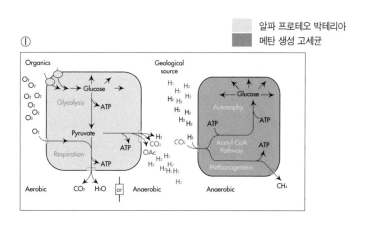

그림 3-4

니다. 그림 3-4는 두 주인공의 연애 내용인데, 마틴과 밀러가 1998
년 「수소 가설The hydrogen hypothesis for the first eukaryote」이라는 제목으로
『네이처NATURE』지에 발표한 논문에서 가져왔습니다. 미리 말해두
지만 인간의 몸을 이루는 모든 세포는 진핵세포이며, 지금 우리 몸
안의 모든 세포 속에서 이 만남의 결실이 여전히 지속되고 있습니다.

그림 순서는 ①, ②, ③, ④로, 각 그림 안의 두 세포 중 좌측의 연
한 색 바탕이 오늘의 주인공 가운데 한 명인 B고 우측의 진한 바탕
이 A입니다. 먼저 그림 ①부터 보겠습니다. 우측에 보이는 A는 산소

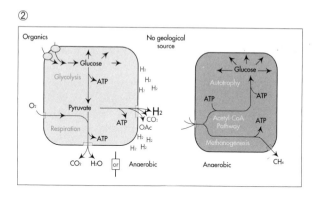

그림 3-4

를 싫어하는 혐기성anaerobic 환경에서 살아갑니다. 수소(H)와 이산화
탄소(CO₂)를 즐겨 먹고, 소들이 방귀를 뀔 때 주로 나오는 메탄
(CH₄)을 배출합니다. 이 때문에 메탄 생성 고세균이라는 이름이 붙
었습니다. 수소를 좋아하는 A는 수소가 많은 바다 밑바닥에서 많이
살았습니다. 수소는 산소와 쉽게 결합하기 때문에 산소가 많은 환경
에서는 존재하기 어려웠거든요.

  B는 산소를 이용해 산소 호흡을 할 수 있지만, 산소가 없을 때는
발효를 이용해서 살아갑니다. 호기성aerobic 환경과 혐기성anaerobic 환

③

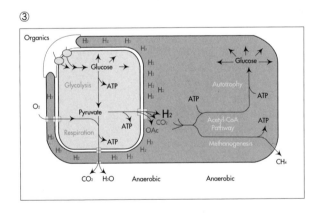

그림 3-4

경 모두에서 살아갈 수 있습니다. B가 발효할 때는 수소와 이산화탄소 그리고 아세테이트(OAc)가 부산물로 나오는데, 이 부산물이 A가 좋아하는 것들입니다. B가 배설한 것을 A가 좋아하고, A가 생성한 유기분자를 다시 B가 좋아하게 되었습니다. 사랑의 조건이 성립했지요. 그래서 둘은 가까이 지내며 서로 돕고 살기로 합니다.

그런데 커다란 환경 변화가 생겼습니다. 초기 지구 바다에 갑작스러운 산소 혁명이 시작되었습니다. 바다에 사는 시아노박테리아가 급증하면서 그들이 배출한 산소 농도가 급상승한 것이지요. 그리

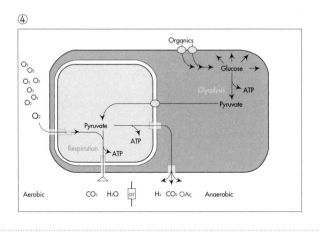

그림 3-4

고 산소가 수소를 빼앗아 가는 바람에 바다 속에는 A가 필요로 하는 수소가 줄어든 것입니다. A로서는 갑자기 먹을 곳과 잠잘 곳이 없어진 것입니다(그림 3-4 ②).

막다른 골목에 처한 A는 어떤 선택을 했을까요? A의 연인 B는 산소를 이용할 수 있는 유전자 꾸러미를 가지고 있었습니다. B에게 의지하면 산소가 많아진 환경에서도 살 수가 있을 터였습니다. A는 파트너 B에게 더욱 의존하게 되었고, B를 사랑하기 위해 자신의 껍데기를 벗고 B를 몸 안으로 받아들입니다(그림 3-4 ③).

그리고 B는 A의 요구를 받아들여 A의 몸 안에서 동거를 시작합니다. 동거는 성공적이었고, 그들의 사랑은 활활 타오릅니다. 둘의 동거와 병합을 통해 새로운 세포, 즉 진핵세포가 탄생합니다(그림 3-4 ④). 이들은 산소가 많아진 새로운 환경에서 잘 적응했고 훌륭하게 번창하게 됩니다.

세균과 세균의 공생이 세포 내 소기관을 만들고 진핵세포의 출현을 가능케 하였다는 세포 내 공생설에 반대하는 과학자는 이제 없습니다. 그러나 처음에는 갈등하는 과학자들도 적지 않았습니다. 한 가지 이유는 세균에 대한 불편한 편견들이었습니다. 세균은 어디까지나 병을 유발하는 병원체에 불과한 존재였습니다. 세균과 사람의 몸을 이루는 진핵세포가 어떤 관계로 연결되었다니 믿기 불편한 가설이었던 것입니다.

세포 내 공생설이 자리 잡는 데 크게 기여한 것은 분자유전학이 었습니다. 유전자를 분석한 결과, 진핵세포의 유전자는 고세균과 가깝고 미토콘드리아의 유전자는 알파프로테오박테리아와 더 가까웠던 것입니다.

세포 내 공생설이 고전했던 두 번째 이유는 진핵세포의 출현이라는 생명 역사의 중대한 사건이 '공생'에서 비롯되었다는 사실이었습니다. 진화적 새로움은 어디까지나 우연한 유전적 돌연변이가 담당해야 한다는 게 전통적인 믿음이었지요. 그런데 세균과 세균이 서로를 먹어버리지 않고, 다시 말하면 한 생명에 다른 생명체의 몸속에서 소화되지 않고 함께 살 수 있다니. 상식적인 생물학의 영역에서는 이해하기 어려웠던 것입니다.

그러나 이제는 지구상의 모든 진핵세포 내부에 존재하는 세포소기관인 미토콘드리아가 세포 내 공생사건의 결과물임을 모든 학자들이 인정합니다. 그리고 그것은 지금도 생명활동의 결정적인 역할을 해내고 있습니다. 미토콘드리아는 세포 안에서 산소를 이용해 에너지를 만들어내는 생명활동의 중추입니다. '숨 쉬는 몸'에서 언급했던 것처럼 몸의 지성소라고 불렀던 미토콘드리아의 내막이 바로 B의 내막에서 진화된 것입니다.

원시 바다에서 산소가 급증했던 사건 속에서 세균들을 살아남게 했던 그 유전자 꾸러미를, 지금 우리들이 가지고 있습니다. 만일 그 유전자 꾸러미가 없었다면 지금도 우리는 칙칙한 늪이나 진흙 속, 또는 물웅덩이에서 살고 있었을 것입니다.

이 이야기가 전해주는 '우연'의 다른 의미는 '가능성'입니다. '우연'적 사건과 만남 속에 산다는 것은 잠재적 가능성의 강 한복판에서 노를 젓는 일과도 같지요. 우연이 없다면 세계는 물리법칙의 필연적 세계를 벗어나지 못합니다. 결정론적 세계는 어떤 자유도 풍성함도 허락되지 못하는 기계적 세상입니다. 그러나 A와 B는 우연한 만남과 우연한 환경의 변화 속에서 전혀 다른 생명체로 탈바꿈하게 됩니다. 누구도 상상하지 못했던 최초의 시도, 진핵생물의 탄생은 기계적인 공식에 따라 일어난 것이 아닙니다.

똑같은 조건과 물리법칙으로 지구 환경을 재설정한 뒤 A와 B를 같은 환경에 놓는다면, 과연 같은 일들이 벌어질까요? 다시 A와 B는 사랑하고 동거하고 위대한 랑데부를 만들어낼까요? 그렇지 않으리라는 것이 많은 과학자들의 생각입니다. 똑같은 조건에서 늘 똑같은 일이 반복된다면, 그것은 이미 우연이 아니지요.

A와 B의 만남이 성사되는 과정은 사실 과학적으로 매우 무모하며, 불가능에 가까운 확률을 뚫고 진행된 일들입니다. A가 자신의 껍데기를 벗고 B를 받아들였습니다. 누군가를 받아들이기 위해서는 두터운 자기의 보호막을 벗어버려야 합니다. 이것은 실로 일어나기 어려운 일입니다. 자신을 보호해주던 두터운 보호막을 벗어버린다

는 것은 곧 생존을 포기하는 일과도 다름없으니까요. 그렇기에 생명이 탄생하고 나서도 십억 년이 지나도록 일어나지 않았던 일 아니겠습니까.

생명체가 자신의 보호막 역할을 해주던 단단한 세포벽을 벗었다는 사실이 우리에게 시사하는 바는 큽니다. 세포벽을 가지고 있는 상태로는 전문적이고 다양한 능력을 가지는 어떤 세포로 분화할 수 없습니다. 다세포생물인 우리 모두는 모두 하나의 수정란에서 출발합니다. 만일 수정란에 단단한 외벽이 존재했다면 수정란은 눈, 심장, 신장 세포와 같은 다양한 세포로 분화될 수 없었을 것입니다. 진핵세포는 세균의 단단한 세포벽이 아닌 유연한 원형질막을 가지고 있었기에 발생과정에서 '트랜스포머'처럼 자유자재로 변신할 수 있었습니다. 우리의 몸을 이루는 세포들이 하나같이 똑같은 물풍선 모양이 아닌 것은, 우리가 껍데기를 벗어버린 조상의 후손인 때문입니다.

둘이 함께 사는 '공생'은 생명을 가장 크게 도약시킨 사건이었습니다. 이것이 사랑 이야기가 전해주는 또 한 가지의 의미입니다. 경쟁이 아니라 공생이었다는 것. 더불어 살아냄으로 위기를 극복했다는 것. 생물학자 린 마굴리스는 "진화과정에서 발생한 새로움은 공생의 직접적인 산물이었다"고 주장합니다. 그녀에 따르면 지구는 '공생'으로 생명을 번성시킨 '공생자 행성'입니다.[31] 지구 표면의 생명권을 변모시킨 진핵생물의 출현과 번성만 보더라도, 지구가 공생자 행성이라는 그 표현이 과장은 아닌 것 같습니다.

고생물학자이자 예수회 신부였던 떼이야르 드 샤르뎅은 1937년에 쓴 그의 책 『인간현상』에서 전체를 향해 움직이도록 하는 '우주적 차원의 압력'을 말합니다. 이것은 남녀 간의 사랑에서도, 시와 종교에서도, 그리고 지금 말하는 생명체 간의 공생사건에서도 발견할 수 있는 열정이며 우주적 차원의 사랑입니다.

"오직 사랑만이 개체들을 하나 되게 함으로써 개체를 완성할 수 있다. 사랑하는 두 사람이 서로 자신을 상대에게 내어주지 않고 어떻게 상대를 완벽하게 가질 수 있겠는가? 남과 하나가 되면서 '내가 된다'는 모순된 행위를 실현하는 것이 사랑 아닐까? ……우리 마음이 '우주'를 향해 '전체'를 향해 움직이는 것은 분명한 사실이다. 자연 앞에서 보는 아름다운 것이나 음악, 순수한 시와 순수한 종교 안에 들어 있는 것은 '전체'를 향한 울림이다. 우리는 남녀의 사랑과 자식에 대한 사랑 등 여러 가지 자연스러운 사랑의 형태를 알고 있다. 그러나 그 사랑들에는 가장 바탕이 되는 열정이 빠져 있다. 개체를 전체로 몰아가는 열정, 우주적 차원의 사랑 말이다."[32]

31 린 마굴리스, 『공생자 행성』, 이한음 역, (사이언스북스, 2014). 미국의 생물학자 린 마굴리스는 두 가지 이상의 생명체가 장기간 지속적으로 공생관계를 유지하면서 새로운 종이 생성된다는 공생발생 (symbiogenesis)을 주장했다. 진핵세포 내의 미토콘드리아나 엽록체와 같은 세포내 소기관의 기원이 세균의 공생과정의 산물이었다는 그녀의 가설은 오늘날 보편적으로 인정받는 이론이 되었다.

32 태야르 드 샤르뎅, 『인간현상』, 양명수 역, (한길사, 1997).

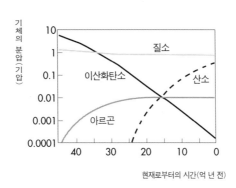

기체의 분압(기압)

10
1
0.1
0.01
0.001
0.0001

질소

이산화탄소

산소

아르곤

40 30 20 10 0

현재로부터의 시간(억 년 전)

그림 3-5

　우연의 강물은 방향이 있습니다. 한쪽 방향으로만 흐르는 '시간'
의 강입니다. 희랍 철학자 헤라클레이토스의 말처럼 같은 강물에 두
번 발을 담글 수는 없습니다. 지나가는 지금 이 순간은 다시 재생되
지 않습니다. 둘이 연애했던 '산소가 희박하고 수소가 풍부했던 환
경'에서 둘의 동거를 이끌어냈던 '산소가 풍부해지는 환경'으로의 변
환은 역사적으로 단 한 번 있었습니다.

　그림 3-5는 지구 대기가스의 변화를 보여줍니다. 점선이 지구 대
기 중의 산소 농도를 나타냅니다. 약 25억 년 전에는 산소 농도가 1%
도 안 되었고, 시간이 지나면서 서서히 산소 농도가 올라가더니 22

억 년 전부터는 대기 중의 산소 농도가 빠르게 급증했습니다. 산소 급증 사건의 주범은 시아노박테리아라는, 지구 최초로 광합성을 할 줄 알았던 세균이었습니다. 시아노박테리아가 A-B 만남의 조연 역할을 한 셈이지요.

원생누대[33]의 바다에서 수억 년간 일어난 변화는 지구 역사에서, 아니 태양계를 포함한 우주 역사에서 결코 다시 반복할 수 없는 일입니다. 시간의 특성이 우연한 만남을 더욱 무겁고 경이롭게 만들어 줍니다.

---

33 '25억 년 전부터 5억4천2백만 년 전'까지의 시기를 말함

25

위대한 결실

장마철 지나면 찜통 같은 무더위가 찾아오고, 이내 휴가철이 다가옵니다. 산도 좋고 바다도 좋지만 한적한 시골 마을 또한 좋겠지요. 나무 그늘 아래 돗자리 깔고 누워서 자연이 들려주는 음악에 취해보는 건 어떨까요. 느긋하게 책을 읽다가 스르르 잠이 들어도 그만이겠지요. 날벌레 말고 신선한 바람만 살랑살랑 불어오는 휴대용 모기장 안에서 말입니다. 찌르륵찌르륵 풀벌레 소리와 개구리 소리가 쉬지 않고 고막을 두드리는데, 해가 넘어가면서 그 소리는 더욱 짙어집니다. 이상한 것은 그 소리들이 시끄러우면서도 평온함을 느끼게 해준다는 것입니다. 아마도 울음소리 속에 담긴 뜨거운 연정을 본능적으로 이해하기 때문이겠지요.

여름밤의 풀벌레와 개구리들의 울음은 사랑하는 연인을 목 놓아 부르는 수컷들의 합창이죠. 휴가지에서 이성과의 낭만을 즐기려는 욕망은 사람에게만 있는 것이 아니었습니다. 지구상의 무수한 생명체들이 이 한여름에 짝꿍을 찾느라 밤을 지새웁니다. 울음소리뿐 아니에요. 닭의 벼슬, 공작새의 화려한 꼬리, 원숭이의 빨간 엉덩이, 사자의 갈기 등등 생명체들은 연애를 위해 온갖 가능한 기교를 다 부립니다. 사랑이 없다면 여름밤은 얼마나 적막할까요?

앞 장에서 우리는 지구상 최초의 사랑 사건을 살펴보았습니다. 두 가지 세균의 만남이, 그 사랑의 결실이, 지구상 가장 역사적인 생명의 도약, 즉 진핵세포를 탄생시켰다는 것 말이죠. 그런데 세균 둘이 만난 게 무슨 대수냐고요? 까마득한 옛날 일이, 고작 세균의 공생이 나와 무슨 상관이냐고요? 바로 그 이야기를 이제부터 해볼까 합니다.

"두개골과 기질은 우리 몸에서 가장 딱딱한 두 부분이다."

어느 소설에서 읽은 구절입니다. 사람의 타고난 기질이란 게 얼마나 변하기 어려운 부분인지를 재치 있게 표현한 문장입니다. 기질은 완고해서 바꾸기 어렵습니다. 그리고 지금 내 기질에는 나의 의지가 개입되어 있지 않습니다. 오랜 세대에 걸쳐 그럴 만한 이유가 몸과 유전자로 축적되면서 내게 전해진 것입니다. 이것이야말로 기질이 존중받아야 하는 중요한 이유입니다.

기질은 대를 이어오면서 축적된 삶의 노하우이며 성격의 생물학적 유전적 경향성입니다. 숨을 쉰다는 것도 인간의 기질 중 하나입니다. 누구나 맑은 공기를 좋아하지요. 이것도 하나의 유전적 경향성으로서 '기질'입니다. 누구나 가지고 있는 보편적 특질이기에, 이걸 어떤 성향이라고 생각하지 않을 뿐입니다. 그러나 생각해보세요. 인간은 과거 선조들의 선택에 따라서 공기보다는 물을 좋아했을 수도 있고, 산소가 없는 칙칙한 늪지대를 선호했을 수도 있습니다. 그런데 인간이라면 어느 누구라도 그런 환경을 싫어합니다. 재래식 변소에서 풍겨 나오는 메탄가스에는 누구나 코를 틀어막고, 산소가 풍부한 삼림욕을 즐기면 기분이 좋아지는 게 인간입니다.

그 이유가 오래전의 우연한 만남 속에 있습니다. 메탄 생성 고세균(A)이 다른 누구도 아닌 알파프로테오박테리아(B)와 만났기 때문입니다. 어머니가 다른 누구도 아닌 지금의 아버지를 만났기에 제가 있는 것과 같지요. 산소호흡을 하는 B를 만났기 때문에 가장 딱딱한 기질, 즉 숨 쉬는 제가 지금 여기 있는 것입니다. B가 몸속에서 일을 하기 위해서는 더도 말고 덜도 아닌 딱 20%의 산소가 포함된 대기가 필요했습니다. 다행히도 오늘날 지구의 대기 중에는 딱 그 정도의 산소가 존재합니다.

그림 3-6은 정자입니다. 정자의 머리에는 반수체 염색체가 있습니다. 정자는 반쪽짜리기이기에 하나가 되기 위한 강력한 갈망을 가

중편에는 미토콘드리아가 있어 정자가 편모를 움직이는 데 필요한
동력(ATP)을 제공한다.

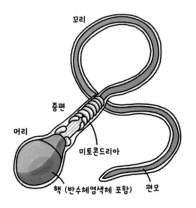

꼬리

중편

머리

미토콘드리아

핵 (반수체염색체 포함)　편모

그림 3-6

지고 세상에 나옵니다. 나머지 반쪽을 찾으러 떠나는 기나긴 여행을
위해, 긴 꼬리로 쉴 새 없이 노를 젓습니다. 이 동작을 위해서는 에
너지가 필요한데, 그래서 정자 꼬리에는 미토콘드리아가 있습니다.
미토콘드리아에서 에너지를 만들어야 꼬리가 좌우로 움직이면서 전
진할 수 있습니다. 미토콘드리아가 저 위치에 있지 않으면 정자는 절
대로 난자를 만날 수 없는 것이지요. 난자에도 역시 셀 수 없이 많은
미토콘드리아가 있고, 수정란이 분할하고 분화하여 형성된 우리 몸

의 모든 세포에는 난자에서 유래한 같은 미토콘드리아가 있습니다. 산소를 필요로 하는 기관이 몸의 모든 세포 내에 존재한다는 특성 때문에 우리 몸의 많은 형태가 지금과 같은 모습으로 만들어졌습니다. 필요가 형태를 만들어왔다는 것이지요.

몸 안 있는 단 하나의 세포를 상상해봅시다. 세포 주위는 다른 세포들로 둘러싸여 있습니다. 세포와 세포 사이에는 세포외액이라는 액체 상태의 기질이 있습니다. 그래서 몸속 세포들은 대기와 직접 접촉하지 못하고 있기에 대기로부터 산소를 공급받을 수 없습니다. 따라서 대기 중의 산소를 세포 안까지 실어 나르는 체계를 필요로 합니다. 운송로와 운송수단이 필요한 것입니다.

운송로는 혈관이고, 산소를 실어 나르는 운송수단은 혈색소Hemoglobin입니다. 혈관은 우리 몸의 세포가 있는 곳이라면 어디에나 미세한 말초혈관의 형태로 뻗어있지요. 혈색소는 혈액 속에 떠다니는 적혈구 안에 위치합니다.(그림 3-7) 혈색소가 산소를 실어 나를 수 있는 것은 철 덕분입니다. 산소와 결합할 수 있는 철이 혈색소 안에 있는 것입니다. 철은 산소와 결합하면 빨갛게 변합니다. 철이 있기 때문에 적혈구의 빛깔이 빨갛고 피도 빨간색입니다.(철은 별의 초신성 폭발이 있기 직전에 만들어지지요. 거대한 항성 폭발의 잔해가 우리 몸의 붉은 피 속에 존재하는 것입니다.) 운송수단인 혈색소에 산소를 실으려면 산소를 받아들이는 시스템이 있어야 하죠. 바로 폐입니다. 폐에서는 가스교환이 이루어지고, 대기 중에 20%의 농도로 존재하는 산소가 적당량 몸 안으로 들어오게 됩니다. 산소는 폐포에서 모세혈관을 떠다니는 적혈구 속 혈색소를 만나게 됩니다. 그리고 혈색소에 올라타면, 마치 택시에 승차했다는 표시등이 켜지듯, 적혈구가 검붉은 색에서 선홍색으로 변합니다. 그래서 동맥혈은 정맥혈보다 밝은 붉은 빛을 띠는 것입니다.

폐포가 택시 승강장이라면 혈색소는 승객인 산소를 실어 나르는 택시입니다. 혈색소 택시는 특별한 능력을 가지는데, 승객을 태울 곳과 내려놓을 곳을 선천적으로 알고 있다는 것입니다. 혈색소는 산소분압이 높은 폐에서 승객을 가득 태우고 산소분압이 낮은 말초조직에서 하차시킵니다. 승객들이 몸 안 구석구석의 개별 세포들 안에까지 찾아갈 수 있도록 하는 것입니다.

폐포에서 가스교환을 위해서는 첫째, 택시 승강장에 승객이 원활이 찾아올 수 있도록 해야 합니다. 산소라는 승객이 끊임없이 승강장 안으로 진입해야 하는 것입니다. 이것을 위한 조건은 환기입니다. 공기가 끊임없이 폐포까지 드나들도록, 흉곽과 가로막은 튼튼한 근육질로 되어 있습니다. 가로막이 수축함으로써 흉곽에 음압이 걸리고 대기 중의 공기가 몸 안으로 들어오고, 가로막이 이완함으로써 들어왔던 공기가 다시 대기로 빠져 나갑니다.

효율적인 택시 승강장 관리를 위해서는 둘째로 택시의 원활한 소

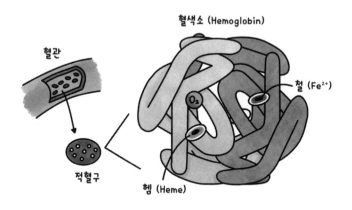

그림 3-7

통이 중요합니다. 택시 혈색소와 적혈구가 원활히 이동해야 합니다. 교통정체가 일어나서는 안 됩니다. 혈액순환이 제대로 되어야 한다는 것입니다. 승강장에서 승객을 태운 택시가 어서 빠져나가야 뒤의 택시가 승강장에 진입하겠지요. 폐포에서도 마찬가지입니다. 산소를 태운 적혈구가 빠져나가야 뒤의 적혈구들이 새로운 산소를 싣는 장소에 도달합니다.

적혈구라는 택시는 바퀴도 없고 엔진도 없습니다. 그래서 누군가 뒤에서 밀어주어야 합니다. 이것을 위해서 심장은 사람이 살아 있는 동안 한 번도 쉬지 않고 펌프질을 합니다. 1분에 60번 내지 80번을 펌프질하며, 승객이 많을 때는 100번 이상의 펌프질을 합니다. 혈액은 그 힘으로 혈관을 타고 말초조직까지 이동했다가 다시 폐로 돌아옵니다. 심장은 몸 안에서 가장 부지런한 장기입니다.

미토콘드리아 이야기를 하다가 여기까지 왔습니다. 이 모두 미토콘드리아가 세포 내에 존재하기에 발생한 특성입니다. 이 다양하고 복잡한 과정에 하나라도 문제가 생긴다면 건강에 치명적 문제가 생기기 마련입니다. 운송수단인 혈색소가 부족하면 빈혈이 생겨 기운이 없고 어지러워집니다. 혈색소 안에 철분이 부족하여 생기는 철분 결핍성 빈혈은 여성이나 성장기 아이에게서 볼 수 있는 현상입니다.

운송로인 혈관에 문제가 생기면 그 장소에 따라 치명적인 문제가 발생합니다. 뇌의 혈관에 문제가 생기면 뇌경색이, 심장의 혈관에 문제가 생기면 심근 경색이, 말초조직 혈관에 문제가 생기면 팔 다리의 끝이 괴사되어 검게 변하게 됩니다. 택시 승강장에 술 취한 승객이 난동을 피우면 곤란하지요. 폐포에 세균이 들어와 법석을 피우는 것이 폐렴입니다. 폐렴이 발생하면 기침과 가래가 생기고 심하면 숨이 차는 증상까지 발생합니다. 택시의 동력을 제공하는 심장에 문제가 생겨도 곤란합니다. 심장 기능이 떨어진다는 것은 적혈구의 이동 능력이 떨어진다는 의미입니다. 심부전이 심하면 말초조직에 산소

공급이 부족해지며 심각한 호흡곤란을 유발할 수 있습니다.

메탄 생성 고세균과 알파프로테오 박테리아. 둘의 단 한 차례 만남이 정말이지 많은 것을 변화시켰죠? 그 만남이 가져온 변화가 우리 몸 안에 구체적 형태로 영향을 미쳤습니다. 이는 상상하기 어려운 시간대를 생명계 전체가 거쳐 오며 획득한 형질들입니다. 자연계에 존재하는 동물들은, 다양한 생김새와 생활방식의 차이에도 불구하고, 모두 몸 안에 비슷한 기능을 하는 택시 승강장이 있습니다. 그리고 이것이 효과적으로 움직이도록 하는 비슷한 몸의 구성을 가지고 있습니다.

깊은 시간 속에서 자연이 빚어낸 결과물들은 신비롭습니다. 과학자들은 돌연변이와 깊은 시간이 빚어낸 풍성함 속에 경외와 신비를 읽습니다. 동시에 우리는 자연의 풍성함 속에서 창조주의 본성과 의지를 읽습니다. 만남이 가져온 생명의 도약과 풍성함과 위대한 결실을 찬미하지 않을 수 없습니다.

26

호흡 있는 자마다

강렬한 햇빛이 아스팔트를 녹여낼 듯 이글거리는 한여름, 작열하는 땡볕과 독대한다는 것은 참으로 힘든 일입니다. 사람뿐 아니라 지구상 살아있는 것들이라면 누구나 다 그러할 것입니다. 햇볕은 생명에게 견디기 힘들도록 강렬한 자극입니다. 가까운 금성이나 화성을 보면 더욱 그렇습니다. 물 없이 태양을 이겨낼 생명체는 없습니다. 만일 외계 고등생명체가 생명체 탐사를 위해 지구에 불시착한다면, 하필 그곳이 사하라 사막 한가운데였더라면, 그 외계인은 지구가 생명의 불모지라고 어렵지 않게 단정 지었을 것입니다.

다행히 지구에는 물이 많습니다. 연일 지속되는 장마 때, 대지는 듬뿍 물을 머금습니다. 물을 머금은 대지는 이글거리는 태양빛을 받아 초록빛 울창한 숲을 만들어냅니다. 그리고 생명체들은 숲이 만들어놓은 그늘 속에서 태양빛을 피할 수 있습니다. 물은 빛을 이겨내는 유일한 희망이고, 숲은 희망을 현실로 바꾸어내는 장소입니다. 물을 가지고 숲을 만드는 일은 집에서도 쉽게 따라할 수 있습니다. 해가 비치고 비가 내리는 계절이면, 작은 마당에 있는 푸른색 이파리들이 작은 숲으로 울창해집니다.

파란 이파리들이 만들어내는 그늘의 비밀은 아시다시피 광합성에 있습니다. 간단하게 '물＋이산화탄소＋빛에너지→포도당＋산소'라는 수식으로 나타낼 수 있지요. 이 과정을 통해 식물은 대기 중 이산화탄소를 이용해 포도당을 만들고, 그것이 생명세계의 기본 양식이 됩니다. 엽록체는 엽록소 분자를 통해 빛에너지를 얻어내고, 이것을 화학에너지로 전환시킵니다. 그런 후 그 에너지를 이용하여 대기 중의 이산화탄소로부터 탄소 원자를 고정, 탄수화물을 만듭니다. 나뭇잎의 세포 하나에는 20개에서 100개의 엽록체가 있는데, 엽록체 안의 빛을 받아내는 엽록소의 색깔 때문에 모든 이파리는 초록빛을 띱니다.

지구상 초록빛을 띠는 모든 생명체들에는 모두 같은 일을 수행하는 엽록체가 있습니다. 수십 미터 되는 나무에서부터 물에 떠다니는 식물성 플랑크톤과 낙동강 조류까지 모두 똑같습니다. 닮았다는 것은 공통의 조상을 가지고 있다는 증거죠. 온 세계의 엽록체들은 같은 부모를 가지고 있습니다.

과학자들은 엽록체의 기원 역시 각기 다른 생명체의 공생과정으로 설명합니다. 세포내 공생설endosymbiont theory에 의하면, 엽록체의 진화는 미토콘드리아를 가지고 있는 진핵생물이 광합성을 하는 세포를 삼킬 때 일어났습니다. 삼켜진 생명체는 소화되지 않고 살아남는데, 아마도 숙주세포의 보호와 영양분을 제공받는 대신 에너지 수요를 충족시키기 위한 유용한 과정을 제공했을 것입니다.

시간이 지나면서 광합성을 하는 세포는 독립할 생각을 포기하고 숙주세포의 내부 기관으로 자리 잡게 됩니다. 엽록체의 형성에도 단한 번의 위대한 만남이 있었던 것입니다. 엽록체가 가지고 있는 리보솜RNA의 서열을 분석한 결과 가장 유사한 어울림이 시아노박테리아cyanobacteria에서 발견되었습니다. 그래서 과학자들은 만남의 주인공이 진핵세포와 시아노박테리아의 고대 개체일 것으로 추정합니다.

지구상에 존재하는 울창한 숲의 기원에 단 한 번의 만남이 있었다는 것은 사실 믿기 힘든 일입니다. 미미한 세균 한 종류가 지구라는 행성 전체를 통째로 바꿔놓은 셈이 되니 말이지요. 그러나 인간의 과거에 대한 집착은 깊은 시간을 넘나드는 여행을 가능하게 합니다. 학자들은 퇴적암 및 동위원소 패턴을 바탕으로 과거를 재구성합니다. 운 좋게도 지구상에는 물과 햇볕 그리고 산산이 흩어지는 바람 속 이산화탄소가 있었습니다. 그리고 기적처럼 이 세 가지를 이용하는 세균이 35억 년 전에 출현합니다.

시아노박테리아라고 불리는 이 세균은 지구 최초로 물 분자를 수소이온, 전자, 산소로 쪼개는 힘을 터득했으며, 빛 에너지를 이용하여 공기 중의 탄소를 잡아채 포도당을 만들어내게 됩니다. 이 과정에서 발생하는 산소가 지구의 산소 농도를 올려놓으며 호기성 생물의 출현을 유도하지요. 메탄 생성 고세균과 알파프로테오 박테리아의 위대한 랑데부의 조건을, 이 시아노박테리아가 만들어준 것입니다. 그리고 시아노박테리아는 진핵세포와 공생하면서 엽록체가 되어 오늘날 숲의 기원이 됩니다.

그림 3-8은 강원도 영월군에서 찍은 스트로마톨라이트 사진입니다. 스트로마톨라이트는 시아노박테리아의 퇴적층으로, 지상 최대

그림 3-8

의 초록빛 마술쇼를 펼친 작은 조상들이 묻힌 곳입니다. 이들의 장구한 노력이 내 몸속에 미토콘드리아의 공생을 가능하게 했고, 울창한 숲의 안식을 허락했습니다. 5억 년 전의 지층인데, 오스트레일리아 샤크만에 가면 수십억 년 된 살아 있는 스트로마톨라이트를 볼 수 있다고 합니다.

사진 속 그림자는 사진기를 들고 있는 호기성 생물 이낙원입니다. 기분이 묘해지는군요. 내 생물학적 존재의 기반을 오래된 묘지에서 읽을 수 있기 때문입니다. 5억 년 동안 무슨 일이 일어난 걸까요? 아무것도 없었던 이곳에, 그로부터 5억 년이 지난 뒤, 첨단 문명의 산물인 카메라를 든 제가 두 발로 서 있게 되다니. 고농도의 산소를 소비하는 뇌를 무리하게 써가며 심원한 시간을 거슬러 내 존재의 기반을 생각하고 있다니.

"우물쭈물 하다가 내 이럴 줄 알았어I knew If I stayed around long enough, Something like this would happen."

영국의 극작가로 100살 가까이 장수했던 조지 버나드 쇼의 유명한 묘비명입니다. 그럴 수도 있습니다. 한 사람이 꿈을 다 실현하지 못한 채 인생을 마감할 수도 있고, 우물쭈물했다며 후회할 수도 있습니다. 그러나 심원한 시간 속에서의 생명의 역사를 본다면 조지 버나드 쇼의 묘비명은 적당하지 않습니다. 숨을 쉬고 서 있다는 사실 하나만으로도 자신의 삶이 오직 자신만의 것이라고 할 수 없는 이유가 명백히 드러나기 때문입니다. 자연 전체가 창조의 역사 속에서 쉼 없이 달려왔던 과거를 딛고 숨 쉬고 있기 때문이며, 나 역시 흘러가는 역사의 디딤돌이 될 것이기 때문입니다.

심원한 시간은 내 삶이 나의 의지와는 상관없는 장구한 시간 속에 귀속되어 있다고 말해줍니다. 그것은 위대하며 신비로운 창조주의 역사입니다. 우물쭈물했던 것 같지만 사실은 그렇지 않습니다. 분명한 방향이 있고 지향이 있는 역사입니다. 5억 년 전 이곳에 묻힌 조상들의 묘비에 묘비명을 붙일 기회가 내게 허락된다면, 로마서의 이 구절을 인용하겠습니다.

"하느님께서는 세상을 창조하신 때부터 창조물을 통하여 당신의 영원하신 능력과 신성과 같은 보이지 않는 특성을 나타내 보이셔서 인간이 보고 깨달을 수 있게 하셨습니다."

[로마서 1:20] 공동번역

27

밤하늘의 명상

퇴근길, 버스 안 차창 밖으로 보이는 밤하늘이 문득 낯설게 느껴집니다. 밤하늘은 환했고, 별들은 거의 보이지 않았습니다. 저렇게도 별들이 없었던가. 버스에서 내려서는 잠시 고개 들고 하늘을 바라봅니다. 그리고 별을 세어봅니다. 두어 개. 고작 두어 개입니다. 밤하늘이 밤하늘답지 않습니다. 도시가 뿜어내는 광자와 소음과 먼지들은 지상의 가녀린 생명들을 보호하고자 만들어낸 인공 장막 같습니다. 우주인이 쏘아대는 별빛으로부터 지구를 보호하라! 지구 사령관의 명령을 받들듯 말이죠. 아니, 도시의 보호막이 보호하려는 다른 무언가가 있을지 모른다는 생각이 들었습니다. 이것은 문명의 이기와 편리에 눈먼 맹인들을 양산하는 시스템 아닐까.

"여기 뿌연 하늘이 세상의 끝이노라. 그 아래로 보이는 것들은 이미 내가 다 아는 것들이며 해본 것들이기에 두려울 것도 무서울 것도 없도다. 이 얼마나 편리하며 좋은 세상인가. 나는 여기서의 관습과 체제에 온전히 순응하며 살리라." 그렇게 다짐하는 어리석은 이들을 위한 보호막 아닐까.

퇴근하고 세 시간 반을 달려 전라남도 땅, 목포 월출산에 올랐습니다. 산꼭대기에서 바라본 밤하늘은 놀랍도록 무수한 별들이 반짝거리더군요. 하늘을 덮고 있는 검은 천에 수도 없이 생겨난 구멍들이 천 너머의 발광을 경쟁적으로 증명하려는 것 같았습니다. 밤하늘의 색다른 광활함. 그와 비교되는 내 존재의 상대적인 왜소함, 유한함, 가벼움이 심장을 촉촉이 적십니다.

밤하늘의 어둠과 광활함은 인간이 갖는 불안의 전통적인 근원지였을지도 모르겠습니다. 마침내 자의식을 지니게 된 초기 인류가 밤하늘을 바라보며 느꼈을 불안을 상상해봅니다. 야생의 울음소리만이 울려 퍼지는 무한한 어둠 속, 그는 불안과 공포를 통해 대자연으로부터 떨어져 홀로 섰다는 자각을 했을 것입니다. '나'라는 자아의식에 대한 대가는 '유한함과 왜소함에 대한 자각', 그것으로부터 파생되는 원초적 불안이었습니다.

그날은 페르세우스 유성우가 쏟아지는 날이었습니다. 유성우의 배경 하늘에 페르세우스 별자리가 보였지요. 지구 사령관의 명령이 아직 내려지지 않았는지, 별들의 공격이 한껏 자유롭게 지상으로 쏟아지네요. 하나, 둘, 셋, 넷……. 열 개까지 세다 셈을 포기했습니다.

페르세우스는 그리스신화에 나오는 제우스의 아들입니다. 몇 차례의 목숨을 건 탈출과 싸움 속에서 승리하고 마침내는 메두사의 목을 벤 페르세우스. 그는 사랑하는 여인의 목숨을 구하며 사랑마저도 성취합니다. 그리고 본인의 친할아버지를 죽이게 된다는 슬픈 예언을 본인 스스로 운명처럼 행하게 됩니다.

옛날 사람들에게 별자리는 단순히 하늘의 지도가 아니었습니다. 별들은 그들이 위치한 이웃의 별들과 엮어져 이야기를 담는 이미지가 되었습니다. 사람들은 페르세우스 별자리를 통해 삶의 이야기를 떠올립니다. 뜨거운 사랑, 승리에 대한 동경, 그리고 운명에 대한 탄식이 페르세우스 별자리를 통해 전해지는 것입니다. 불안이라는 감정이 지펴지는 거대한 어둠의 바다에 사랑, 승리, 운명의 이야기가 반짝이는 것입니다.

오늘날 밤하늘을 바라보며 그런 신화적 이야기들에 감성을 빼앗기는 사람들은 많지 않습니다. 말 그대로 신화, 지어낸 이야기들이니까요. 오늘날 사람들은 건조한 평정심을 유지하며 별들에 대해 잘 알고 있다고 생각합니다. 별들의 반짝임이 물리학적으로 이미 설명된 현상이라는 것을. 반짝이는 별들이 얼마나 먼 곳에 있으며 지구와 멀면 멀수록 빠른 속도로 멀어진다는 것을. 별들과 지구 사이의 거리가 너무 멀어서 그들은 내 삶에 어떤 영향도 미칠 수 없다는 것을. 그러니 옛날의 신화 따위가 끼어들 틈새가 없는 것이지요.

과학은 밤하늘에 관한 신비의 커튼을 걷어버렸습니다. 이성에 대한 신뢰를 바탕으로 과학자들은 별들에 드리워진 이야기들의 장막을 거두어내고 그 자리에 물리법칙의 지배를 받는 입자와 돌덩어리들을 대체했습니다. 공식과 수치가 이야기를 대신했고, 이론이 신화를 밀어냈고, 인간은 진보했습니다. 문제는 이야기가 없어지면서 어떤 '의미'도 함께 소멸되었다는 것입니다. 미지의 세계에 대한 경외와 동경도 함께 소멸되었다는 것입니다.

현대적 세계관은 '보이지 않는 것은 존재하지 않는 것'이라고 단정 짓습니다. 현미경 또는 전파망원경에 잡히지 않는 것은 존재하지 않으며, 모든 사건은 인과율의 법칙을 따른다는 것이지요. 이것을 과학적 자연주의Scientific Naturalism라고 합니다. 이러한 관점은 현실세계를 살아가는 데 매우 유용해서 오늘날 보편화되어 있습니다. 교육제도는 은밀하게 이 세계관을 사람들의 두뇌에 주입시킵니다. 과학적, 자연주의적 세계관에 완고하게 사로잡힌 사람들에게 밤하늘은 어떤 의미도 되어주지 못합니다. 사실이 아닌 이야기들은 더 이상 어떤 삶의 경험이 되어주지 못합니다. 더불어 이러한 세대에게 신화와 종교적 경전에 나오는 은유들은 그 영향력이 급격하게 소멸됩니다.

과학이 밝혀낸 놀라운 사실들을 폄하하고 싶지는 않습니다. 다만 짚고 넘어가야 할 점은 '과학의 시선'입니다. 과학적 방법론은 실재를 탐구하는 여러 갈래 길 중의 하나죠. 데이비드 레이 그리핀은 과학적 자연주의를 두 가지로 분류하여 설명합니다.[34]

그 하나는 현대적 세계관으로, 자연주의Naturalism의 뒤에 nati (nature is all there is)를 붙여 Naturalism_nati으로 표현합니다. 이것은 지난 3세기 동안 대부분의 과학자가 기본으로 전제하고 활동한 양식입니다. 모든 사물은 인과율의 법칙에 따르며 그 이상의 세계는 없다는 것. 오늘날 종교를 부정하는 유물론자들 역시 이 세계관에 속합니다. 이 세계관에 의하면 우리가 감각적으로 파악하여 설명할 수 있는 세상 이상의 그 어떤 것도 존재하지 않습니다. 그래서 이를 감각주의적 세계관이라고 부르기도 합니다.

또 하나는 위에 반한 유신론적 형태의 자연주의로, Naturalism_ns 라고 명명합니다. ns는 "비초자연주의적non-supernaturalistic"을 뜻합니다. 이 관점 역시, 인과관계의 질서 밖에 실재하는 초자연주의적 존재 또는 초자연주의적 존재가 인과율을 위반할 수 있다는 생각을 인정하지 않습니다. 그러나 이 관점은 인간의 감각 너머의 세계를 인정합니다. 일상적 감각을 넘어서는 도덕적, 종교적 경험을 인정하며, 인간에 의해 파악되지 않는 더 깊은 차원의 종교적 세계관

---

34 데이비드 레이 그리핀, 『위대한 두 진리』, 김희헌 역, (동연, 2010).

과도 충돌하지 않습니다. 세계는 하느님의 영에 의해 둘러싸여 있으며encompassing Spirit, 동시에 하느님은 세계를 초월해 계신다는 범재신론Panentheism과 갈등하지 않습니다.

안타깝게도 오늘날 대부분의 사람들은 Naturalism_nati를 과학적 세계관을 대표하는 유일한 관점으로 이해하고 있습니다. 게다가 일부 도전적인 과학자들은 '과학이 종국에는 인문학과 종교의 영역을 대체할 것'이라고 예상하기도 합니다. 경험되는 세계만이 실재라는 피상적인 경험론을 받아들인 결과 비일상적인 감각과 경험을 인정 못하게 되고, 결국 종교는 신화와 다름없는 뇌세포들의 창작물이 되는 것입니다.

감각주의적 세계관을 나의 세계관으로서 받아들일 때 우주와 자연 속에 존재하는 신비는 거세됩니다. 자신이 아는 만큼의 세계를 전부라고 주장할 때 삶을 비옥하게 해주는 여분의 세계는 사라집니다. 세계의 모든 것은 앎의 언어들로 일대일 대응시킬 수 있으므로 은유와 상징의 역할은 현격히 줄어듭니다. 오늘날의 사람들에게 은유가 어려운 것은 시선, 관점의 문제입니다. 시는 난해하며 읽기 힘들고, 종교적 경전의 은유는 이해 못하기에 문자적으로 해석하려고 합니다.

Naturalism_ns는 과학이 밝혀주는 것 외에, 그 이상이 있음을 인정하는 것입니다. 일상적 감각으로는 '모르는 세계'가 있음을 인정하는 것입니다. 과학의 방법론은 그대로의 가치가 있음을 존중하나,

과학이 밝혀낸 모든 것과 더불어 그 이상The more이 있다는 것입니다. 그리하여 과학이 실재를 관찰하는 또 다른 방법이 있음을 인정한다면, 과학의 렌즈는 밤하늘을 통해 또 다른 감정을 우리에게 전해줍니다. 그것은 왜소함이나 불안함이 아닌 경외와 경이감입니다. 상상할 수 없을 만큼 광대하게 펼쳐진 어둠이 놀랍게도 생명의 씨앗을 잉태하는 말구유였다는 사실 앞에 느끼는 감정들입니다.

'무엇을 모른다는 것'을 느끼는 것은 중요합니다. 모름을 자각하는 인간은 종교적 경전의 말씀 앞에서, 자연의 웅장함 앞에서, 또는 지극히 세밀하고 정교한 세계 앞에서 경외감을 느낍니다. 그 경외는 현실 속에서 비추이는 '의미'를 읽게 합니다. 흔하고 가벼운 것에서 소중한 것을 보게도 하고, 가벼운 일상 속에서 영원한 가치를 보게도 합니다. 경외는 '실재의 또 다른 차원an extra dimension of reality'을 경험하게 해줍니다. 유대인 사상가 아브라함 요수아 헤셸은 경외가 신앙에 앞서며 신앙의 뿌리라고 말합니다. 인간의 역사에는 '그 이상'을 경험하고 반응했던 위대한 전통이 있다고 말합니다.

"경외는 우리 자신보다 더 위대한 의미를 통찰하는 한 행위다. 경외는 놀람으로 시작되고 지혜는 경외로 시작된다. 경외는 모든 실재하는 것의 신비와 조화를 이루어 공존하는 것이다."[35]

---

35 아브라함 요슈아 헤셸, 『하느님을 찾는 사람』, 김준우 역, (한국기독교연구소, 2013).

28

별과 밥상

저는 집에서 먹는 밥을 좋아합니다. 김이 모락모락 올라오는 밥을 한 숟갈 보기 좋게 뜹니다. 후, 한번 불어주고 입에 넣으면 뜨거운 기운이 입과 코를 적십니다. 밥을 씹으며 다시 장아찌를 입에 넣고는 온기와 짭짤한 맛의 만남을 잠시 즐깁니다. 다시 밥을 입에 떠 넣고 이번엔 가지나물과 깻잎을 먹습니다. 몰캉거리는 가지나물과 향긋하게 씹히는 깻잎의 대조적인 느낌은 저작운동의 재미를 더해줍니다. 쉴 새 없이 소시지와 오이지, 그리고 김치가 이어집니다. 두 가지 이상의 음식이 입안에서 뒹굴면서 생기는 새로운 느낌과 맛의 향연, 이것이 한국식 밥상의 묘미지요.

집에서 먹는 밥이 맛있는 이유는 몇 가지 반찬의 배합을 즉석에서 조절할 수 있기 때문입니다. 배합의 기쁨에 심취하기 위해서는 집 중해야 합니다. 정해진 규칙은 없습니다. 진정한 레시피는 불완전함을 특성으로 하거든요. 한 입을 씹을 때의 결핍과 부족함은 다음 반찬을 통해 보충되고, 동시에 발생하는 부족은 다음에 보충하면 됩니다. 이런 식사법을 만끽하려면 부지런해야 합니다. 입으로 맛을 느끼고, 눈과 두뇌로 반찬을 고르며, 젓가락으로 음식물을 정확히 공수하는 집중력이 필요합니다. 그리하여 완성을 향해 나아가는 배합의 기쁨을 누릴 수 있습니다.

정말 다행이지요, 한 가지가 아닌 여러 가지 다른 맛이 존재한다는 것은. 세상에 여러 가지 다양한 맛이 가능한 이유는 무엇일지 문득 궁금해집니다. 음식 재료가 다르고 조미료가 다르고 손맛이 다른 이유도 있겠지만, 보다 근본적인 이유는 원료의 다양성과 배합의 창발성 아닐까요. 입안에 들어오기 전부터, 음식은 이미 다양한 성분들의 특색 있는 배합을 이룹니다. 그 배합이 전혀 새로운 맛을 창출합니다.

소금은 나트륨(Na)과 염소(Cl)의 결합체입니다. 폭탄의 재료로도 쓰이는 나트륨과, 제2차 세계대전 당시 화학무기로 사용되었던 염소를 결합시키니 짭짤한 맛을 내는 소금(NaCl)이 되었습니다. 고추의 매운 맛을 내는 캡사이신의 화학성분은 $C_{18}H_{27}NO_3$입니다. 탄소(C), 수소(H), 질소(N), 산소(O)를 특색 있게 배합시켰습니다. 어느 성분 하나에도 매운맛을 일으킬 만한 성분이 없죠. 그러나 적절한 배합이 특색 있는 맛을 유발했습니다. 마늘의 독특한 매운맛을 유발하는 것은 알리신Allicin으로 화학식은 $CHCH_2SOCH_2CH$입니다. 유별나죠. 음식에 황(S)이 들어 있다는 게 좀 이상하지 않나요? 성냥의 재료잖아요. 경미한 자극에도 불에 타면서 독한 냄새를 풍기는 황이 탄소, 수소, 산소와 적절하게 만나면 먹을 만한 음식이 됩니다. 하나만 더 보겠습니다. 조미료로 쓰이는 MSG(monosidium glutamate)는 나트륨(Na)과 글루탐산Glutamate을 결합시켜 놓은 것인데요, 글루탐산은 흥분성 신경전달 물질로 우리들의 두개골 속에 존재합니다. 이 둘을 결합시킨 화학식은 $C_5H_8NNaO_4$인데, 사실 재료가 별거 없어요. 탄소 다섯 개, 수소 여덟 개, 질소 하나, 나트륨 하나, 산소 네 개를 적절하게 붙여놓은 것입니다. 그런데 이걸 음식에 넣었더니 그렇게 입맛을 돋우더라는 것입니다. 배합의 중심에는 탄소가 있습니다. 탄소는 그 사교적인 성질 때문에 모든 성분들과의 결합이 매우 용이한 원소계의 마담뚜라고 할 수 있습니다.

이처럼 음식들의 맛은 다양한 성분들이 배합한 결과입니다. 그런데 이런 다양한 성분들의 생산지는 어디일까요. 미국산 쇠고기인지 일본산 수산물인지, 생산지가 믿을 만해야 안심할 수 있을 테니. 음식의 맛은 다양해도 성분은 손에 꼽을 수 있을 정도라고 했습니다. 탄소, 수소, 산소, 질소, 황, 나트륨, 염소 등을 소개했죠. 여기에 인,

칼륨, 칼슘 그리고 무기질인 비타민 정도가 추가됩니다. 이 성분들의 산지는 모두 별입니다. 별 혹은 항성은 가벼운 원소를 핵 융합시켜 무거운 원소들을 만들어내고, 초신성 폭발을 통해 원소들을 우주 공간에 나누어줍니다.

결국 밤하늘에 반짝거리는 별빛은 지금 이 순간에도 내 입에 들어올 만한 찬거리들을 장만하는 우주적 잔치를 벌이고 있는 것입니다. 별의 중심부에서 핵융합반응으로 만들어진 원소들이 심원한 시간에 걸친 노력 끝에 지구에 합류하여 우리 밥상에 놓이는 찬거리가 되었습니다. 재료를 준비하는 기간과 그 규모가 터무니없을 정도로 크지요. 예를 들어 탄소가 별에서 만들어져서 지표면에 음식의 재료로 쓰이기 위해서는 최소 100억 년이 걸립니다. 밥상에 올라오는 모든 재료들은 산지의 규모와 생산 기간을 고려할 때 가히 우주적 가치를 지니는 것입니다.

밥상에 올라온 일용할 양식의 생산지는 별입니다. 밤하늘의 반짝거리는 별입니다. 우리는 끼니때마다 별의 노력과 결과를 한 수저씩 오물오물 씹어 삼킵니다. 밤하늘과 우주를 삼킵니다. 밥 한 수저에 온 우주의 노력이 담겨 있습니다. "밥이 입으로 들어갈 때에 하늘을 몸속에 모시는 것, 밥은 하늘입니다."

말씀의 실상

중력 상수 $G = 6.67259 \times 10^{-11} \, m^3/kg \cdot s$

빛의 속도 $c = 2.99792458 \times 10^{8} \, m/s$

전자의 전하 $e = 1.60217733 \times 10^{-19} \, C$

전자의 질량 $me = 9.1093897 \times 10^{-31} \, kg$

양성자의 질량 $mp = 1.6726231 \times 10^{-27} \, kg$

옆 쪽의 물리상수들은 우리 우주 안에 존재하는 모든 물질들에 부여된 성질입니다. 이 법칙에서 벗어나는 물질은 없습니다. 밤하늘의 별들과 지구상의 모든 생명체들은 이 상수들에 완고하게 매여 있습니다. 별들에서 방출되는 빛의 속도도 그와 같으며, 사무실 형광등에서 출발한 빛의 속도도 그와 같습니다. 태양이 지구를 붙들어 매서 멀리 날아가지 않도록 붙잡아두는 힘과 감기몸살에 유독 무겁게 느껴지는 몸뚱이를 침상에 잡아매는 힘은 모두 같은 공식의 지배를 받습니다. 우리 몸속 미토콘드리아의 내막을 오르내리며 체온을 만드는 양성자와 태양을 뜨겁게 달구는 핵융합열의 재료인 양성자가 같은 질량과 같은 성질을 가지고 있습니다. 유럽 입자물리학연구소에서 힉스 입자를 찾아내는 실험의 재료로 이용한 양성자의 질량도 같습니다. 산 자와 죽은 자, 생명과 비생명 할 것 없이 인간의 눈과 현미경과 망원경으로 감지되는 모든 것들은 보편적 물리법칙의 굴레에 속박되어 있습니다.

생각해보면 참 오묘합니다. 모든 것이 숫자로 표현될 수 있다는 게 이상하고, 숫자 중에서도 특정수로만 고정되어 있다는 것이 이상합니다. 왜 하필 전자의 질량은 $9.1093897 \times 10^{-31} \text{kg}$이어야 할까요? 왜 하필 중력 상수는 $6.67259 \times 10^{-11} \text{m}^3/\text{kg} \cdot \text{s}$이어야 할까요? 꼭 그래야 할 필요는 없었을지도 모릅니다. 그러나 확실한 점은, 수치들이 지금과 조금만 달랐더라면 이런 고민을 하는 우리들은 존재할 수 없었다는 사실입니다. 전자의 질량이 4%만 변해도 지금 우리가 살고 있는 우주는 존재할 수 없습니다. 은하와 별들과 생명체가 탄생하고 진화하려면 물리적 생물학적으로 특별한 조건을 만족시켜야 하는데, 위의 상수들은 모든 조건을 완전하게 만족시키고 있습니다.

특별한 조건은 우주 초기부터 설정된 것 같습니다. 스티븐 호킹은 빅뱅이 있은 지 1초 후 우주의 팽창 속도가 1000억 분의 1만 늦었다면, 우주는 찌그러들고 지금의 우리는 없었을 것이라고 말합니다. 우주의 팽창과 함께 강력, 약력, 전자기 상호작용, 중력의 기본적인 힘들도 생겨나 세밀하게 조정되었습니다. 중력이 아주 조금만 변해도 우주는 산산이 흩어지거나 아니면 하나로 모이게 되니 역시 우리가 살고 있는 지구는 존재할 수 없습니다. 핵력이 조금만 약하거나 세었다면 역시 지금의 우주와 은하는 존재하지 않습니다. 세밀하게 조정된 물리법칙들의 토대 위에, 지금의 온 우주와 태양계와 지구와 지상의 생명체들이 살고 있는 것입니다.

거대한 우주와 작은 나의 몸을 일관되게 관통하는 상수들과 물리법칙이 존재한다는 사실에서, 우리는 우리의 삶의 배경을 극적으로 확장시킵니다. 나를 위해 특별히 설정된 것은 아무것도 없습니다. 인간이란 종을 위한 특별한 물리법칙은 존재하지 않으며, 푸른 행성 지구 역시 여타의 차가운 은하와 비견되는 특별한 무엇을 가지고 있지는 않습니다. 존재하는 특별한 것은 우리 삶의 배경인 전체로서의 거대 우주입니다.

우리 생명의 토대는 우주 전체입니다. 우리가 살고 있는 우주는 마치 생명의 탄생과 진화를 위해 세밀하게 준비되어 있는 것 같습니다. 특별한 우주에서 특별하게 설정된 조건들을 만족시킨 지구가 출현했고, 짐짓 우연으로 보일지 모르는 사건들의 중첩과 장구한 시간의 결합은 생명의 탄생과 다세포생물의 번성, 포유류와 나아가 인간의 출현을 가능하게 했습니다. 생명이 걸어온 특별한 궤적은 우리 우주가 품고 있던 하나의 품성에서 비롯된 것이 아닐는지요. 이것은 한두 세대 이전만 해도 사람들은 알지 못했던, 상상도 할 수 없는 일이었습니다. 이에 대해 존 쉘비 스퐁 주교는 놀라운 가정을 해 봅니다.

"예컨대, 지구 위에 사는 생명체들을 지배하는 법칙이 전 우주의 생명체를 지배하기도 한다는 것을 우리들 가운데 얼마나 많은 사람들이 알고 있을까? 거기에는 차이가 없다. 우주의 별들을 만들고 있는 물질이 우리 인간의 육체와 아마도 정신까지도 이루는 물질을 구성하고 있을 것이다. 사실상 우리는 우주 속에 있는 모든 물질이, 가장 먼 별들로부터 나와 당신의 몸과 마음의 내용물에 이르기까지, 서로 연결되어 있음을 안다. 그런 상호 의존성은 우리 이전 시대엔 감히 상상도 못 해본 것이다. 인간의 생명은 영장류 동물뿐만 아니라 양배추와 심지어 바다의 플랑크톤과도 친척이다. 공통의 DNA가 모든 생물체들 속에 전달되고 있다. 이것은 우리 세대에 성취한 물리

적인 통찰의 일부일 뿐이다. 이와 같이 통합된 하나Unified Oneness라
는 생각은, 우리가 자아의식의 영역에 들어온 그 순간부터, 우리가
실재를 경험해온 분리Separation에 대한 생각과 날카로운 대조를 이룬
다. 그러나 분리는 우리의 감성이기는 해도 우주의 법칙은 아니다.
심오한 상호연관성은 우주의 법칙이다. 그런 통찰에 입각할 때 의식
이란 것도 우주 내부에서 나온 단 하나의 전체A Single Whole이며, 그
러니 다양한 능력을 지닌 다양한 피조물의 차원에서 의식에 접근할
수 있음을 하나의 자명한 가정으로 세울 수 있지 않을까?"[36]

과학은 물리법칙을 알아내는 데 성공했고, 그것이 우주와 내 몸
에 똑같이 적용되는 것임을 밝혔습니다. 물리법칙은 빅뱅의 첫 시간
부터 지금까지 방대한 시간에 맞섰고, 차가운 우주공간과 따뜻한 사
람의 몸속이라는 공간적 괴리감에 맞서서 지금도 견고하게 서 있습
니다. 바로 이 점에서 스퐁 주교는 '우리의 일상적인 자아의식이 거
짓임을 증명한다'고 말합니다. 우리는 타인 또는 우주와 분리되어 있
는 것이 아니라 연결되어 있다는 것입니다. 우리는 지금도, 아주 오
래 전부터도 따로따로 떨어진 존재가 아니라는 것입니다. 몸도 우주
에서 나온 하나이며, 우리의 의식도 우주 내부에서 나온 단 하나의
전체라는 것입니다.

---

36 존 쉘비 스퐁, 『영생에 대한 새로운 전망』, 한성수 역, (한국기독교연구소, 2011).

과학은 '왜?'라는 질문에는 답하지 못합니다. 그러한 법칙들이 '왜 없지 않고 있는지', 상수들이 '왜 없지 않고 있는지', 그것에 기반한 우리 우주가 '왜 없지 않고 있는지'를 과학은 대답 못 합니다. 창조의 신비를 과학의 언어로 풀어낸다면 문장의 마지막은 언제나 물음표로 끝내게 될 것입니다. 다만 과학을 통해 우리는 우주의 있는 그대로를 이해하게 되었다는 것에 탄복할 뿐입니다.

미물 같은 존재의 머릿속에서 나온 방정식과 이론이 우주의 합리적 질서와 맞아떨어지다니, 이런 일이 어떻게 가능할까요. 존 폴킹혼은 바로 이 사실이 우리의 신앙을 확증한다고 말합니다. 두뇌의 내부 합리성과 외부(우주) 합리성이 서로 들어맞는다는 것을 쉽게 간과해서는 안 된다고 지적합니다. '이해'가 가능한 이유는 모든 것이 창조주의 합리성으로부터 함께 나왔기 때문이지요.[37] 우주에 대한 경탄과 생명에 대한 경외는 신에 대한 경배입니다. 우주 안에서 살고 있는 내 존재 자체는 구상 시인의 표현대로 "말씀의 실상"입니다.

37 존 폴킹혼, 『쿼크, 카오스, 그리고 기독교』, 우종학 역, (SFC출판부, 2009).

말씀의 실상

영혼의 눈에 끼었던
무명의 백태가 벗겨지며
나를 에워싼 만유일체가
말씀임을 믿습니다.

노상 열심히 보아오던
손가락이 열 개인 것도
이적에나 접하듯
새삼 놀라웁고

창밖 울타리 한 구석
새로 피는 개나리 꽃도
부활의 시원을 보듯
사뭇 황홀합니다.

막막한 우주, 허막의 바다에
모래알보다도 작은 내가
말씀의 신령한 그 은혜로

이렇게 오물거리고 있음은
상상도 아니요, 가상도 아닌
실상으로 깨닫습니다.

구상, 『어디 계시나이까』, 이재철 엮음, (홍성사, 2011).

Contemplations on the Body
몸 묵상

㉚
'없음'은 없다

가을 가로수 밑을 서걱서걱 낙엽 밟히는 소리와 함께 걷습니다. 선선한 바람이 뺨을 스치고 지나갑니다. 옷깃을 여미노라면 바람이 금세 나뭇가지들 사이를 타고 올라, 빨갛게 익은 이파리들이 산들산들 중력에 몸을 맡깁니다. 한여름 내내 푸름의 열정을 불태웠던 그 한 잎이 이제 생을 다하고 사라집니다. 하나 둘 셋 사라지는 그들의 여백은 유난히 깊은 하늘에 가득 찹니다. 비었지만 빈 것 같지 않은 파란 여백이 느껴집니다.

푸르른 무성함이 사라지는 가을에 사람들은 감상적이 됩니다. 해가 짧아지고 서늘해지면서 마음도 공연히 쓸쓸해지고, 따듯한 사랑의 감정이 그리워지기도 합니다. 아마도 눈앞을 가득 채웠던 무엇이 사라져가는 느낌 때문일 것입니다. 존재하던 것들이 사라질 때, 우리는 그것들이 '없어졌다'고 생각합니다. 눈에 보이는 빈자리가 내 마음의 허전한 공간을 돋보이게 하는 것입니다.

그러나 '없다'는 표현은 정확하지 않습니다. 낙엽이 떨어진 자리에는 대신 대기가 가득 차 있으니 말입니다. 말장난 같지만 실제로 그렇습니다. 우리의 두뇌는 '없음'을 인식 못합니다. 나뭇잎이 없어진 게 아닙니다. 나뭇잎이 있던 공간이 '있는' 것이죠. 나뭇가지와 대기와 햇볕이 있으며 나뭇잎에 대한 기억이 있는 것이죠. 돈이 없는 게 아닙니다. 빈 주머니, 빈 통장, 그리고 돈에 대한 그리움이 있을 뿐입니다.

은하와 은하 사이, 별과 별 사이의 무중력 공간에는 정말 아무것도 없을까요? 중성미자와 전자기파가 쏟아지고 있으며, 우주를 헤아리는 우리의 인식이 있으며, 팽창하는 우주공간이 있습니다. '없는 것'이란 없습니다. 그래서 우리는 없는 것에 대해 생각할 수도 없고 말할 수도 없습니다. 우리의 인식은 진짜 없음, 절대 무無를 인식 못합니다. 우리가 일상생활에서 사용하는 '없다'는 없음 자체를 가리키는 것이 아닙니다. '빠진 것', '부족한 것', '결핍이 있는 것'을 가리키는 표현일 따름입니다.

지난 수백 년 동안 과학은 우리 우주가 어떻게 탄생했는지를 증명해왔습니다. 137억 년 전 매우 작은 점에서 시작하여 무한히 팽창

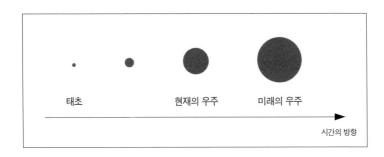

태초　　　　　　　현재의 우주　　미래의 우주

시간의 방향

그림 3-9[38]

하게 되었다는 인플레이션 이론은 각종 실험과 관측결과를 토대로 정밀과학의 영역으로 진입하였습니다. 팽창하는 우주에 대한 우리의 일반적인 생각을 표현한 것이 그림 3-9입니다. 물질이 있는 공간을 까만색으로 칠했습니다. 점차 커지고 있는 까만 점은 팽창하는 우주를 나타내는 것입니다.

까만 점 외부의 하얀 여백이 실재하는 무엇처럼 보입니다. 우리 우주의 외부가 있고, 외부와 내부의 경계가 있는 것처럼 보입니다.

---

38 소광섭, 『물리학과 대승기신론』, (서울대학교출판문화원, 2013).

착각입니다. 우주의 외부란 존재하지 않습니다. 따라서 그 경계도 없습니다. 하얀 지면 역시 마찬가지입니다. 그림을 보면, 마치 태초 이전에 텅 빈 공간이 있는 듯 보입니다. 물질이 없는 공간이 있어 왔는데, 어느 순간 그 공간에 물질적 우주가 생겼다고 생각되는 것입니다. 이것은 우리의 사고 습관에서 나온 거짓입니다.[39] 태초 이전에는 물질뿐 아니라 공간 자체도 없었습니다. 그러나 텅 빈 공간마저 없는 완전한 무無를 우리 머리 머리는 그려볼 수가 없는 것입니다.

앞 장의 질문들로 돌아가보지요. 그러한 법칙들이 '왜 없지 않고 있는지', 상수들이 '왜 없지 않고 있는지', 그것에 기반한 우리 우주가 '왜 없지 않고 있는지'를 우리는 모릅니다. 답은 아무도 알 수 없습니다. "왜 없지 않고 있느냐?"라는 질문 자체가 성립하지 않기 때문입니다. 우리의 두뇌는 '없다'는 것을 제대로 인식 못하는 때문입니다.

인간의 유한성은 시공간상의 물리적 조건에 국한되지 않습니다. 우리의 앎과 인식 자체도 유한합니다. 자궁 안의 태아는 자궁 밖의 세상을 상상 못합니다. 우리가 '없음'을 안다고 말하는 것은 태아가 자궁의 밖을 상상할 수 있다고 말하는 것과 같습니다. 우리는 창조 세계의 신비를 절대로 다 알 수 없습니다. 피조물로서 우리에게 필

---

39 『물리학과 대승기신론』의 그림 설명을 참고.

Contemplations on the Body
몸 묵상

요한 것은 '있음'의 신비에 대해 경외하는 것입니다. 내가 존재하는 시공간 자체가 넉넉한 하느님의 품임을 고백하는 것입니다. 유영모 선생은 "아무것도 있지 않은 허공이야말로 무한한 가능성을 잉태하고 있는 가득 참, 얼의 맘"이라고 했습니다. 존재하는 모든 것들을 받아주고 길러주는 하느님의 집이라는 것입니다.

기독교의 위대한 교부였던 어거스틴의 고백록에는 시간과 영원에 대한 깊은 고민이 담겨 있습니다. 신의 존재에 대해 의구심을 가지는 당대 사람들의 질문, "신이 세상을 창조했다면 창조 이전에는 도대체 뭘 하고 계셨나?"에 대한 그의 답변을 들어보는 것으로 글을 마치려 합니다. 창조 이전의 시간마저도 존재하지 않는 '절대 무無의 상태'를 이해 못하는 사람들에게 고하는 호소와 탄식의 마음이 느껴지는 답변입니다.

"혹시 누가 생각이 들떠, 창조 이전의 상상적 시간 속을 헤매면서, 모든 것을 하실 수 있고 모든 것을 만드시고 모든 것을 쥐고 계시며, 천지의 창조주이신 하느님께서 이 거창한 일을 하시기 전에 영겁을 그냥 지내신 줄로 안다면 그 거짓 앎에서 깨어나 사리를 분별케 해주시옵소서. 왜냐하면 제아무리 장구한 시간이기로 당신이 짓고 마련하셨거늘 당신께서 아니 만드신 영겁이 어찌 흐를 수 있으오리까? 당신이 마련치 아니하신 시간이 있기라도 하단 말입니까? 본래 없었던 것이 흘러갈 수 있다는 말이오니까? 시간조차 당신의 하신 일이 아니오니까? 이러므로 천지 이전에 아무런 시간도 존재치 않았다면 '그때'에 무엇을 하고 계셨냐는 질문이 도대체 무엇이오니까? 시간이 존재치 않았을 적에 '그때'란 것이 있지 않았던 까닭이 옵니다."[40]

40 아우구스티누스, 『고백록』, 최민순 역, (바오로딸, 2010), 11권 13장.

▨ 참고 문헌 ▨

1부

Alberts, 『필수 세포생물학』, 박상대 역, (교보문고, 2010).
Scott F. Gilbert, 『발생생물학』, 강해묵 역, (라이프 사이언스, 2015).
존 S. 리그던, 『수소로 읽는 현대 과학사』, 박병철 역, (알마, 2007).
칼 세이건, 『코스모스』, 홍승수 역, (사이언스 북스, 2006).
에릭 로스턴, 『탄소의 시대』, 문미정·오윤성 공역, (21세기북스, 2011).
장일순, 『나락 한 알 속의 우주』, (녹색평론사, 2009).
로버트 와인버그, 『세포의 반란』, 안성민·조혜성 공역, (사이언스 마스터스, 2005).
피터 워드, 『지구의 삶과 죽음』, 이창희 역, (지식의 숲, 2005).
타다 토미오, 『면역의 의미론』, 황상익 역, (한울, 2010).
루이스 월퍼트, 『하나의 세포가 어떻게 인간이 되는가?』, (최돈찬 역, 궁리, 2001).
제럴드 에델만, 『신경과학과 마음의 세계』, 황희숙 역, (범양사, 2010).
어슐러 구디너프, 『자연의 신성한 깊이』, 김현성 역, (수수꽃다리, 2000).

2부

칼 짐머, 『마이크로코즘』, 전광수 역, (21세기북스, 2010).
닉 레인, 『미토콘드리아』, 김정은 역, (뿌리와이파리, 2009).
후쿠오카 신이치, 『생물과 무생물 사이』, 김소연 역, (은행나무, 2008).
리처드 파인만, 『발견하는 즐거움』, 승영조 역, (승산, 2001).
필립 볼, 『H_2O 지구를 살리는 투명한 액체』, 강윤재 역, (살림, 2012).
양현혜, 『김교신의 철학』, (이화여자대학교출판부, 2013).
테렌스 데 프레, 『생존자』, (서해문집, 2010).
엠마누엘 레비나스, 『시간과 타자』, 강영안 역, (문예출판사, 1996).
로돌포 R. 이나스, 『꿈꾸는 기계의 진화』, 김미선 역, (북센스, 2007).
루돌프 옷토, 『성스러움의 의미』길희성 역, (분도출판사, 1987).
이블린 언더힐, 『신비주의의 본질』, 안소근 역, (누멘, 2009).
Abul k. abbas, Andrew H. Lichtman, 『최신 면역학 입문』, (범문사, 2009).

이부영, 『분석심리학』, (일조각, 2011).

최종덕, 『생물철학』, (생각의힘, 2014).

마르틴 부버, 『나와 너』, 표재명 역, (문예출판사, 2001).

버나드 딕슨, 『미생물의 힘』, (사이언스북스, 2002).

제시카 스나이더 색스, 『좋은 균, 나쁜 균』, 김정은 역, (글항아리, 2012).

3부

애덤 러더퍼드, 『크리에이션』, 김학영 역, (중앙북스, 2014).

앤드류 H. 놀, 『생명 최초의 30억년』, 김명주 역, (뿌리와 이파리, 2007).

김경재, 「요한복음과 도덕경(1강, 태초에」, (http://soombat.org).

Martin w. 〔A hypothesis for the evolutionary transitions from abiotic geochemistry to chemoautotrophic prokyryotes, and from prokaryotes to nucleated cells.〕 The Royal society, 2002.

닐 슈빈, 『내 안의 물고기』, 김명남 역, (김영사, 2009).

존 호트, 『다윈 안의 신』, 김윤성 역, (지식의숲, 2005).

스티븐 제이 굴드, 『시간의 화살, 시간의 순환』, 이철우 역, (아카넷, 2012).

전철, 「장공 김재준의 '자연의 신학' 연구」, 〈신학연구〉 제65집.

김희헌, 『하나님만 믿고 모험하라』, (너의오월, 2013).

자크 모노, 『우연과 필연』, 김진욱 역, (범우사, 2007).

존 폴킹혼, 『쿼크, 카오스, 그리고 기독교』, 우종학 역, (SFC출판부, 2009).

존 폴킹혼, 『과학시대의 신론』, 이정배 역, (동명사, 1998).

린 마굴리스, 『공생자 행성』, 이한음 역, (사이언스북스, 2014).

Martin W. Müller M. 〔The hydrogen hypothesis for the first eukaryote〕, NATURE, 1998.

데이비드 레이 그리핀, 『위대한 두 진리』, 김희헌 역, (동연, 2010).

아브라함 요슈아 헤셸, 『하느님을 찾는 사람』, 김준우 역, (한국기독교연구소, 2013).

존 쉘비 스퐁, 『영생에 대한 새로운 전망』, 한성수 역, (한국기독교연구소, 2011).

스티븐 호킹, 『시간의 역사』, 김동광 역, (까치글방, 1998).

소광섭, 『물리학과 대승기신론』, (서울대학교출판문화원, 2013).

아우구스티누스, 『고백록』, 최민순 역, (바오로딸, 2010).